心中的他

魏明 著

序言

一段不可思議的經歷，令我寫下這些詩篇，上天的厚愛，讓我在人生的困境中仍遇到許多關心和愛護我的人。

人生的不可思議，許多事情我們無法控制或預測，不經歷，不會深刻的明白這些道理。

人生的不可思議，困境並不能真正壓垮我們，即便是在最糟糕的情況中，只要我們心中存有真知，堅定不移守衛著心中的真理，黑暗是永遠也吞噬不了我們的，因為真相令她們難以下嚥。

而最重要的，是我們心中對他人的愛，聰明才智加上你心中對他人真誠，無條件的愛，讓你也會收穫他人的關心與溫暖。

在愛中，我們療癒了他人，也療癒了自己。

目次

我無法為你做一切
我無法為你去獲取成功
我無法為你移去你的恐懼
我無法為你吞下生活的智慧，取代你去理解

但我可以是一盞燈，在那所有的幻象中
向你展現，我是如何應對它們的

做一個燈塔，為你
向你展現
那方向

你要走的路，你仍然要走
你要面對的恐懼，你不得不去面對
但是現在你知道一個不同的方法了
現在你有一個不同的選擇了

這是我能為你做的
我親愛的

10.02.2018

那在你心中，你所看到的真相，就是光明
一旦你看見了事實與真相
你無法再否認，無視它們了
你無法再繼續對自己撒謊

如果你試圖把一切推開
越是這樣做
你越是在強調它們，實際上

那在你之內的沉重感，會變得更加膨脹
直到有一天，你無法再忍受更多

10.02.2018

只要你的思想轉變
光於你之內開始
從你知道，看到真相的那一刻
那圍繞在你周圍的幻象，終將消退散去

你之內的光將會變得越來越強
那是你一次又一次在看到真相

11.02.2018

不要允許任何人佔有支配你
不要讓你的良善變成你的弱點

不要允許這無形負面的意圖比你的光更強
清晰你的眼睛
明亮你的心

並且，堅強
沒有什麼能夠動搖你，和你心中的光

不允許任何人控制你
不允許任何人暗中操縱，愚弄你
你心中的眼睛
你能從他人處分辨識別這一目的意圖的能力
是你真正的力量

你是多麼的聰明而又強壯
你能看到這一點嗎？
對那些不誠實的人，你沒有任何興趣
你不會被愚弄

02.03.2018

真正的成功並不是你會多麼出名
或是你取得了怎樣高級的職位
而是，你是否活出了真實自我，真正的你
你是否跟隨了你的生活目標，你的人生夢想

04.03.2018

在所有的黑暗中，閃耀你的高貴與優雅，或者你的紳
士風度
展現你的優美，展現你的優秀
用你巨大的內在優雅

什麼都不去抱怨
因為沒有任何那些敵意，醜陋的行為曾真正是你的
冒犯？你並沒有冒犯到我
相反
我感謝你，醜陋負面的人們
用你們醜陋，負面的行為帶走我的弱點
因為，物以類聚，相同的吸引類似的

作為比較
我將專注在展現和強壯我的美和優雅上
我可以無盡的增加
還有多少，多深，你享受作一個負面的人，待在你自
己的痛苦與黑暗中？

我會不斷的看見這些真相，記住它們，在我的腦海
中，心中和任何深深隱藏的地方
我將總是感謝你
只要你仍在攻擊
沒有人是受害者

你無法更強
我不會允許

01.05.2018

多麼地，我想做真正的自己
遠離，離開這些圍繞在周周的，迷霧般的幻象
那不是我，不是真正的我

去展現我的優雅
展現我的鎮定
展現在我之內的一份美
吸引人們，因為這份優雅與優美

上帝並沒有如我所期望地給我這些
更談不上任何吸引他人的想法
沒有人知道怎樣的一番火的煉試我曾走過
只為有現在這份平靜
現在在我之內這份深深的理解，深深的愛
和一份內在的美
如我所期望的

還有這勇氣
讓我看見在我之內的光
讓我記起自己的真實本來
我是一個來自上帝的，明亮永恆的光
是上帝的一部分
從沒有人能將任何羞辱沾染我的純潔美好
沒有任何恐懼能取代絲毫我神聖的，上帝賦予的光

18.05.2018

很高興又見到你
在心中
我早已認出你
我知道，我們曾相識
在那久遠的過去
心中傳來的一次次問話
將我帶回從前

同樣的情境，再次出現
歷史，再次重演
不同的是
這一次，我尋求了幫助
不同的是
這一次，我收到了幫助

人生的畫卷展開
人生，在這一刻，再相遇

很高興又見到你
更為高興的是
見到，你心中
那明亮的光

30.05.2018

如果你愛一個人

如果你愛一個人
就不要去改變他
讓他繼續做他自己，輕鬆地做自己
這才是對他最好的愛
對他的接受

或許他會轉變，或許不會
但是愛他人是沒有條件的，真正的愛是沒有的
轉變與否都不影響你對這個人的愛
如此，他才會心安
因為他的心中也有他愛的人，他真正愛，無條件愛的人
知道了，理解了
所以不會勉強

所以我就只是靜靜的看著
看著他
在心中
帶著我對他的一份愛

其實我早就看見他了
在心中
在我們還沒有遇見前

22.06.2018

在心中
我看到你
我看到，你無法離開她，你心所愛的人，你牽掛的她
我總是試圖責備你
而此刻
我不想再多說
因為我也同樣牽掛著別人

我不能為你去承擔
我知道，我也不能讓你為我而承擔
這都不是對的
或許，只是我們相遇的時間不對

或許，我們就是要在這樣的時間裏相遇
愛對方，以這樣的方式

又或許
我們還會再相遇
在未來的某一時刻
在來生

23.06.2018

輕輕的風吹過

輕輕的風吹過
吹過我的心
如此溫和的對待我
溫柔的觸碰我
讓我感到輕鬆與放鬆

清新的空氣從身旁經過
清新的
讓我感到一絲不同
不同於以往我所熟悉接觸的

是的
那是從她而來

26.06.2018

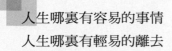

人生哪裏有容易的事情
人生哪裏有輕易的離去

30.06.2018

愛並不容易
因為要愛那悲傷
而那悲傷，難以承受
只是，再多的難
你也要面對

因為愛是無盡的，愛是沒有條件的
愛是復原，療愈他人，療愈我們自己

愛是，在愛中，理解他人，理解我們自己
愛是學習，什麼是真愛，如何去愛

30.06.2018

當我們愛時，愛他人時
愛也潤澤，滋養了我們
那流經心中的愛
治癒了他人的一部分
也治癒了我們自己的一部分
因為那一份傷痛是相同的

只是你走的稍早一步
他/她明白的稍晚一些
所以你心中的光與愛
點燃他人心中的光與愛
照亮他們，當他們在黑暗中時
當他們感到困難無助時

你的愛
與你心中的光，將為他人在黑暗中帶去希望
而這是多麼意義不同

當舊的離去時
當愛的能量流入
當光與智慧被認識，理解時
粗糙的開始變得細膩
粗魯的開始變成翩翩紳士
一切都在轉變之中

01.07.2018

看到你在未來一切都好

無意中看到一眼你的未來
看到你心中明亮的光
看到你用這份明亮的光照亮他人
只是這一次
你的心裏除了明亮的光以外
還有了一份對他人溫暖的愛

真為你高興
當我看到你在未來一切都好

01.07.2018

我們如何能完整的擁有一個人？
我們怎能擁有一個人的全部？
我們只能擁有這個人的一部分
擁有這個人一部分的愛

想要去佔有控制一個人，作為自己的私人所有，像財
物一樣
那是不可能的

07.07.2018

美好的一天

人生無憂無慮的日子不多
今天是一天
因為你的愛
生活仿佛有了活力
讓我記起從前
從前也曾有過的，相似的無憂感受
讓我再次體會
這久違的生命復原的感受

所以我要謝謝你
以我的方式
用我的愛
希望，也能為你做些什麼

這許久之後
頭一次
快樂又重回到我心中
美好的一天

04.08.2018

我曾那樣看著你

我曾那樣看著你
在我心深處
我心光之所在
看著你，告訴你
我是被愛的

我是如此特別
我是如此不同
你無法抗拒
所以，你會愛上我

我曾那樣看著你
在我心深處
我心光之所在
看著你，告訴你
我是被愛的
所以，你將愛我
所以，你將走出泥沼

所以，我將被你所愛
所以，我謝謝你
所以，讓我也愛你
用我這樣的方式

06.08.2018

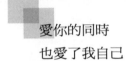

愛你的同時
也愛了我自己

我們助人，也是在助己

06.08.2018

可口的早餐

今天的早餐格外的可口
久違的享受美食感覺
而我知道
這是因為你
你所帶給我的

你的愛，你的關心
亦或是，你看我的目光
亦或是我們的 “較量”
一天天，我在恢復中
變回原本的自己

愛你的同時，也愛了我自己
以我的方式
讓我用我的方式為你做些什麼
若我也能出一份力
為將你從泥沼中拉出

人生註定在這個時候遇見彼此
幫助彼此
真是令人感嘆不已

06.08.2018

你的愛

在你眼裏

你看到我的不同

我的特別

而我，也格外地喜歡

展現我的不同與特別

若沒有你一時的不能

又怎會有我的能

可用之處，可用之地

若沒有小

大又有何用

若沒有黑暗

光明又如何體現

雖然我並不感謝她們

07.08.2018

我就是喜歡這樣的日子
我就是喜歡這一刻的感受
就這樣
坐在這裏，靜靜地
寧靜在我心裏
平靜的生活

然而不僅僅只是寧靜
快樂也在我的心裏
美也在我的心裏
我常常看到美
所以，我並不會感到乏味
這一刻
生活是多麼美好

靜靜地
我坐在這裏
我知道
我是被愛的
而我，就是喜歡這樣的感受

14.08.2018

我知道
這閑晃的生活，早晚一天總會結束
一定會有忙碌的事情來到我身邊
但是，我就是喜歡
這樣閑散的生活
就當我是在療養吧

14.08.2018

在心中
我知道
上帝愛我，保護我

遇到麻煩時
只要想到上帝會保護我
　這總會讓我感到很安心

而這也是真的
上帝真的是在保護我們的
只要你信賴他
跟隨天父

所以，就信賴他
所以，就常常祈禱一下
哪怕是小小的一句祈禱
只是要求
上帝請愛我保護我

14.08.2018

當看到他人確實處在困境中時
就要伸出援手
其他時候
就不用多管閑事

不需要介入他人私人生活
不要干涉他人獨立處理事情的能力
更加不能替代他人承擔一切，甚至放棄自己的生活

偉大的愛並不僅僅是去為他人犧牲
愛也可以是超然的
愛一個人，但並不為他/她承擔一切

14.08.2018

沒有人會和不誠實的人做生意
但你也不會有興趣去改變他
讓他做他自己

對於負面的人
最好的應對方法就是，走開
你沒有興趣去幹擾他人
也不會給他們機會來侵擾

如果有人執意要橫行稱霸
那就展現你的力量
捍衛你的領土
你擁有你的土地

14.08.2018

你並不必須加入每一場你被邀請的戰鬥

聰明地選擇你的戰役

14.08.2018

常常
在看似不滿意的現狀中
隱藏著一份祝福

事情常常或總是，不按我們期望的去發展
與我們原先計劃，設想的背道而馳
上帝已為我們做了最好的安排
我們怎麼可能會比上帝看得更深遠？

然而，不理解，想要改變的衝突
也總是會發生
在過程中
我們明白這個道理
看到那隱藏的祝福

於是
愛來到我們身邊

14.08.2018

我總是記得給到自己很多理解
許多事情，我知道我做不好，做不到的背後
是有原因的
所以我就並不過多的再責備自己
而是下一次再多努力一些
也不會立刻放棄

正是因為我們經歷了
我們才能更好地理解他人
因為我們知道那其中感受

只有當我們理解了自己
我們才會真正地去理解他人

許多事情
想法轉變了
感受就會立刻不同

溫和地對待自己
再多愛自己一些
親愛的

14.08.2018

許多人會試圖維持住一個美好感受，或最佳狀態
那幾乎是不可能的
因為變化是恒久不變的規律
一切都會改變
重要的是
你知道如何回來
如何回到那最好的狀態與感受
或更上一層樓

所以改變總是要發生
那就盡力順其自然
努力接受，允許一切去發生改變

這並不是去變成一個不負責任的人
而是在承擔責任的同時
也學會努力接受現狀，客觀的改變事實

因為改變意味著更新
新的事物將來到你身邊
流入生活
那就歡迎它們吧

14.08.2018

我已學會努力地去信任
信任我的生活
信任上天為我所做的安排
雖然時常我仍想去改變或控制我的現狀
雖然不理解與擔心仍常常浮現在我心中
但我已開始努力學會信任

所以我就會順其自然
所以我開始不再抗拒
因為我總是知道
如何再回到心中，找到我需要的指引

無論怎樣
該要面對的仍要面對
所以也不需要太過於恐慌
或早或晚都可以
錯或對，總會知道的

14.08.2018

人生呀

總是會有這麼多難以預料

難以預料到讓你難以置信

上帝為我們準備了這麼多驚喜，亦或驚訝

有一份祝福被隱藏在裏面

你暫且還不知道罷了

但是，包裝禮物的紙總是會被打開的

你就會看到那一份愛與快樂與幸福與祝福

所以，我已開始學會去適應這些突然來到身邊的驚喜

亦或驚訝

學習去接受它們，再放鬆一些

學習去信任生活，信任上天對我的生活所做的安排

遇到的人或事

所以，我努力地坦然接受

將收到的感受轉變成是他人對我的愛，這樣的理解

儘管我一開始並不理解，他們這樣的表達方式

儘管他們對自己的瞭解也並不足夠深

而我，卻已看到那最深的原因所在

那一份他們對他人的愛

儘管他們都並不自知

那麼，就讓愛圍繞著你吧

就接受來到身邊的這一份愛吧

人生真是讓人驚嘆
美好的經歷

15.08.2018

行為責任不承擔的人，永遠不要再允許他/她回到你的生活
行為上沒有改變的人，不要再相信她/他
言語的改變承諾，沒有分量
只有在行為上真正做出轉變的人
才有可能再次得到你的接受或認可
這個邏輯適用於生活中的一切關係
無論你處在哪裏，家或工作，或任何他處

總是輕易原諒又善良的你
要記住呀
這言語上的承諾與真正行為轉變的巨大差異
一個人行為的轉變是需要付出巨大努力的
而言語的承諾是多麼的輕易
守住你的原則
心中有一份定力

所以，你然然不動
你能識破巧言善語的人
你並不必須對他們做出反應，他們在你面前失去力量

15.08.2018

不要輕易地給出你的下一次機會
下一次機會只給那些真正努力轉變的人
在行為上

讓他們自己去證明自己
不必替他們為這一點操心
如果他們真的意願轉變
或對待你

15.08.2018

相同能量的人就能夠識別出有相同特性的人
他們能夠自然地認出對方，而走到一起
吸引力原則
相似的總是吸引相似的

心中有光，有正能量的人與內心自私，負能量的人，
是很難契合的
對方也會是同樣感受
因為他們會感到難以　控制
而你無法去改變他人

15.08.2018

靜靜的一刻

就這樣靜靜的也蠻好的
一個人
一句話也不用說
就只和自己在一起
安靜地
專心地做自己的某件事

世界變得多麼安靜
最重要的是
我的心是安靜的
在此刻
沒有大喜，也沒有大憂
只是很平靜
沒有嘈雜，也沒有緊張焦慮或壓力

就是享受這一刻
一個人，靜靜的
與自己相處
有一份愛
在無聲中，將你慢慢包圍
來自天父
或某一個人

愛他人
也讓自己被愛吧

15.08.2018

上天都不會允許不公、不義發生

黑暗永遠也贏不了光

上帝與我們同在

在我們出於困難中

在我們面對困境時

遇到再大的困難都不要氣餒

人生中

總是會有順境或逆境

遇到一時氣焰囂張的人，也不要懼怕

心中懷有凜然正氣，要有定力

邪若邪上加邪，那你就正上加正

這就是你心中的定力所在

總是要記住

上帝與我們同在

困難時，要記得祈禱

祈求上天/上帝賜予你力量與勇氣

賜予你智慧與行動的能力

15.08.2018

人生在某個階段或某個時刻
就會遇到某一個人
這個人就出現在這個特定的時間
這個特殊的時期
或者是來幫助你的
或者是來給你人生的一課

這樣想來
人生真是不可思議
尤其是遇到的一個又一個的人
令我不得不驚嘆，也更加愛我的人生
令我更加願意熱情地投入我的生活
好奇地期待著下一個遇到的人或事
而不再是緊張與不安
一切都是那樣充滿了好奇與興奮

所以我感謝每一個出現在我生活裏的人
尤其是愛我，關心我的
感謝他們出現在我的生活這一特殊時刻
給到我的，他們都未曾瞭解的愛與關心

人生的這一特殊時刻
也許就註定要這樣的相識與相遇
給到彼此來自另一方的愛與關心

這總是令我感嘆人生的不可思議
上天已為我做了最好的安排

15.08.2018

那些人怎麼可能傷害到我

我是上帝的一部分呀

我明亮璀璨如上帝的光芒一般

我美好的如同上帝眼中同樣地看我一般

我是被愛的

我是被保護的

上帝的光在我心中

所以我是無懼的

因為我知道，沒有黑暗能夠贏過上帝的光

智慧在我的眼中

我將看到那一切被隱藏的真相

一切意圖來犯的黑暗勢能

都將令我的光更為璀璨並放大

都將令我的美更為耀目，更加吸引眾人

都將令我的愛愈發無限並深廣

所以，我從不真正地記恨他人

這就是原因所在

這些人怎麼可能傷害到我

他們更多的是在傷害自己，在黑暗中繼續深陷

直到有一天上帝給到他們苦難

他們也去經歷他們曾所做的

然而我不會去憐憫這些人

也不會輕易地將他們的罪責抹去

並不是我去仇恨，或仍然仇恨著誰

不，不是的
而是他們必須承擔他們現實生活中的行為責任
他們行為的後果
在那其中，就是他們人生的課程

我當然原諒
精神上，我早已原諒
但是，精神世界永遠不可等同於現實　世界，現實生活
兩者截然不同
請永遠不要忘記
善良的人們呀

16.08.2018

一顆金子般的心

所有的小孩子都有一顆金子般的心

像金子般的對人真誠

樂於安慰，關心他人

只要他們看到他人在悲傷中，在不快樂中

他們就會願意走過去

安慰別人

愛他人

希望別人重新快樂起來

這就是小孩子金子般的心

最可貴的地方

他們最耀目的光

然而長大以後

他們會漸漸把自己隱藏起來

把自己這最純真的部分隱藏起來

用從大人那裏學來的

社會中慣常傳統觀念或行為來與人相處

他們以為這樣可以保護自己

因為每個人都是在這樣做

直到有一天，他們發現

這樣不再行的通

直到有一天，累積在他們心中的苦痛

不再能夠被抑制的湧出，爆發

他們終將再次找回

他們心中原本已有的，那個純真的小孩
他們的那一真實部分
他們的真實自我

這不是很好嗎
很多愛會在這時從他們的心中湧出
因為他們又回到了真實的自己

只要他們願意
這個在他們心中的小小的孩子就會逐漸強壯起來
不需要那些傳統方式的保護
也能很強壯
只要他們瞭解
自己真正的意義與價值所在
永遠記住：自己是上帝的孩子，上帝的一部分
只要他們能夠瞭解
他們一直找尋的愛是來自哪裏
那愛的源泉，不在他處，不在外面
而正是在他們自己之內
那個小孩的心裏

只要他們能夠瞭解
當我們去愛，愛別人時
愛也同時在我們體內流經而出
流過我們

所以說，當我們愛別人時，我們也在愛自己
當我們愛別人時，愛也療愈了我們自己

16.08.2018

真正的美

真正的美來自一個人的內在，一個人的內心
真正的美絕不會將他人踩於腳下，只為襯托出自己的美
那不是美，那是自私

美就是美，美很簡單
美就是表達你的內在
將你內心的美借助一些事物由內而外的表達出來
你想怎樣表達就怎樣表達
自由自在地
因為美的其中一點就是自然
自然地做你自己

所以你百般變換
展現你所有不同面的美
但是無論你怎樣表達，展現你的美
都不可能將自己的美建立於他人的痛苦之上
永遠都不可能
那就不是美

當然你也會遇到有人想要與你比較"誰更美，誰更強"
那就不允許
你美你的，我美我的
你有你的美，我有我獨特，與眾不同的美
你永遠不可能比我更美，我也沒有興趣與你去比較誰
更強
平等就可以了

而且
美是相互欣賞的
真正的美一定是這樣的
因為真正的美也來自於一個人內在的自信
只有自信的人才會欣賞他人的成功與美

上帝都這樣看我們
：　　我的孩子都這麼美
有誰會不一樣呢？
能比上帝更強嗎？

16.08.2018

愛永遠不是傷害他人的理由

因為愛你，所以我才這樣做的
這句話是多麼熟悉
但是愛怎麼會對他人造成傷害呢？
怎能去對他人造成傷害呢？
你如何能傷害一個人，如果你愛他/她
因為真愛一定是愛他人所愛
快樂他人之所快樂

真正的對他人的愛
應該是無私的
真愛是無私的

當你愛一個人時
你會快樂他/她所快樂的
你會樂於付出，而不計回報
因為真愛是沒有條件的
這就是無條件的愛

一個人能夠對他人給出無條件的愛
一定是因為他/她心中有愛
而這份心中的愛一定是源自這個人對愛的深刻理解
只有那些懂得無條件地愛自己的人
才能夠真正做到無條件地去愛他人
他們也會知道如何去做，因為他們也是同樣方式地對
待自己

對愛與真愛的理解
將會是人生的一場旅行
人生就是一場學習愛的旅程
每個人的人生都是如此
只是課程的重點不同而已

所以我們都正走在自己的人生旅程中
學習著愛的課程
學習如何去愛
如何被愛
在愛的過程中，我們得以成長

旅程中，我們總會遇到許多不同的人
帶給我們不同的愛的經歷
人生的不可思議呀！

16.08.2018

真實地對待自己

誠實地面對自己的每一個情緒
對自己真實
你想要的，或你不想要的
直白的面對自己
當心中有一個拒絕
就不要對自己說 "是"
不必勉強自己
更加不必去迎合他人
因為你如果不能對自己真實
又如何能期望他人對你真實
你告訴別人：一切都沒有問題
一切都好的呀！
但是不
你不是的
所以
真實地對待自己
誠實地對待自己的每一個情緒

當你真實地對待自己時
別人才能真實地對待你
因為你在尊重你自己
你在告訴別人你是怎樣的
你想要的是什麼，不想要的又是什麼
你喜歡的是什麼，不喜歡的又是什麼
如此，別人才能真實地知道，瞭解你
對方接受或拒絕並不是最重要的

重要的是你對自己真實
並且敢於真實地表達你自己

沒有任何一種感受比誠實地對待自己
更讓人輕鬆
因為你這樣做是在愛自己呀

每一次當你誠實地面對自己的情緒
尊重自己的每一個情緒時
你都在無條件地愛自己

當你不再壓迫自己
當你溫和地對待自己時
你也不會再以同樣方式對待他人
因為你已學會如何愛自己
所以你自然地知道如何對待他人，愛他人

這就是真實對待我們自己的諸多益處
沒有比這更令人舒服的感受了

16.08.2018

我們總是會遇到熱心，熱情的人主動提供幫助
那份熱心，以及真誠的關心往往會令人難以拒絕
但是你仍要跟隨你內心的真實意願來決定
接受幫助與否

能夠獨立解決問題是一份可貴的能力
你會為自己感到驕傲與自信
當你一次又一次面對困境，解決了問題時
你在對你自己承擔責任
由此，你收回了你手中的力量
永遠都不要把這份可貴的能力輕易丟掉
永遠都不要失去你的獨立性，養成依賴他人的習慣

因為當你為自己承擔責任時
你不再將自己當作弱者，或受害者
那樣的角色永遠不會有自己的力量
他們受傷與否由他人決定
仿佛他們沒有能力與力量保護自己似的

而當你為自己完全承擔責任時
你不再給出機會，好像他人真的有能力傷害你
不，他們沒那個本事
你比他們更強
你的快樂與否掌握在自己手中

所以，不要養成依賴的習慣

遇到問題，自己去面對解決
培養這樣的能力

也不是說完全拒絕幫助
不是的
當你客觀需要時，仍然要尋求幫助
在你已盡了你最大的努力去面對，解決你的問題
承擔了你自己的責任之後

16.08.2018

人生的不可思議
愛與被愛的不期而遇
愛的從天而降
轉折就此開始

人生的不可預測
遇見誰或遇到誰
由其是那些愛你的
帶著祝福來到你身邊的人
雖然這祝福往往是

我怎會知道我會遇見他
在這樣的一個時刻裏
我從未曾計劃
然而一切依舊發生
仿佛早已安排好，計劃好
仿佛我曾見過他
我不會知道，有一個祝福早已為我安排好

所以
我會那樣看著他
一開始就會那樣看著他
從我心深處
我心光之所在
看著他，告訴他
我是被愛的

他如何抗拒

17.08.2018

不會發生的事就不要太多想
不可能發生的事也不要太過多去分析
因為沒有意義

就看眼前
就看眼前的客觀實際與實際條件

17.08.2018

只是這些天與他的相處
讓我再不想回到過去的狀態
無盡的較量與相鬥
平靜的生活多好

只有愛才能將一個人拉出原有的生活狀態
只有愛才能保護到你所愛與關心的的人免受更多傷害
只有愛才能讓我們看到自己的許多不同
只有愛人的眼中
只有愛才能讓改變在和平中進行下去
只有愛才能撫平那早已升起的傷痛

所以你再不願意離開這來到你身邊的，新的，與你相
適應的生活狀態
哪怕只是短暫的時間

無盡的爭執與爭鬥
只有遇到不同的，愛你的人才能避開這些

生活就是這樣帶著不同的人來到我們身邊
與你相爭相鬥的，或與你和平相處的
當然，不爭不鬥，不會知道自己有多強
以至於現在是多麼珍惜平靜的生活

這樣地遇見他
這一時，這一地

這樣的方式與他相處
人生的不可思議
總是讓我感嘆不已

然而我總是感謝更多
感謝他人對我的這一份特別的愛
與他在愛中對我的保護
感謝上天這樣的安排
多麼好的轉變

17.08.2018

真正成功的人會欣賞他人的成功
真正美的人也會去欣賞他人的美

17.08.2018

所有的願望與感受，都要去經歷
沒有經歷過，就無法真正瞭解那其中感受
沒有經歷過，就無法與其他的經歷感受做對比
就無法懂得珍惜，懂得感謝

要經歷的，是一定要去經歷的
因為那源自你心中的一份渴望或願望

所有的情緒也都要去經歷
只有經歷過
你才會知道哪一個是你想要的，哪一個　不是的

所以
也不能太過於執著，堅持維持著一個恆定不變的現狀
除非那就是你心中願望，你就希望如此
否則
每個人都會去經歷心中原本真正所希望的
因為只有去經歷，才能體驗
才能真正明白那是什麼，那其中的深刻感受

無論那份願望或渴望被壓抑，掩埋，回避了多久
要經歷的終究還是會去經歷
而那深刻的人生感受是對一個人最重要的
因為人生的智慧正是源自經歷

許多事情自然地就會發生
我已很少再去為它們安排或決定
我已開始學會讓事情按照它們自身的節奏自然地去進展
不去做太多干涉

其實這樣最輕鬆
到時候，具體的情境會呈現出最佳的解決方法
事先預想安排的往往會沒有作用
這樣就很輕鬆

很多人會說他們做不到
這當然是很正常
因為幾乎所有人都已習慣去控制，控制全部
這就是衝突的原因

要想做到讓外部的事情自然地去發展，自然地被解決
那就要從自然地對待自己開始
當我們自然地對待自己
然而又能自然地對待他人時
我們就能夠開始自然地處理身邊的事情

17.08.2018

為他人犧牲的愛是偉大的愛
然而卻不是最好的愛

最好的愛是看到他人也有同樣的能力去解決他們的問題
對他們抱有信心
最好的愛是去示範，是去展現
而不是去替代他人完成
最好的愛是伸出援手，解他人一時之憂，在他人一時
的困境中
而不是永久的背負

因為當你那樣做時
你將他們同樣也能發展能力的機會抹去了
她們將變得更加依賴於你
而你又能背負多久
你又能解決多少他們人生的難題
終有一天，這將崩潰

與其為他人犧牲
不如示範出解決問題的辦法
與其犧牲自己去愛他人
不如展現出你是如何自愛的
與其背負他人前行
不如讓他們走好自己的路，過好自己的生活

每個人都有能力解決自己的問題，面對人生的困境或

挑戰
愛他人就是要對他們有信心
去愛，去關心，但不必承擔
去慈悲，但不必粘身

17.08.2018

總是購買奢侈的物品也會無聊的
有時候買一些便宜的，折扣商品也是很好玩的
不用太拘束了

17.08.2018

與其擠進人群

與其擠進人群，與不愉快的人相處

不如一個人待著

這不是很酷嗎

17.08.2018

沒有死亡
死亡不足懼
因我們是來自上帝的一部分
我們是上帝的一份子
我們是他的光

光在我們之內
沒有黑暗可以將他
沒有恐懼可以讓它消滅
因它是真理
不毀的真相

於黑暗中記住自己是光
與恐懼中不忘記自己來自於上帝，是上帝的一部分
真相就是力量

把勇氣放在心中
不要懼怕
因你已知道真相
上帝的光已在你心中開啟
永不再熄滅

上帝與我們同在

20.08.2018

我想他一定也是想做出不同
我想他一定也是想有所行動
只是，總是會做不好
也許，在我這裏是比較困難的吧
這個中感受，我是能瞭解的

所以，我也就不在抱怨什麼
所以，我也就不再生氣了
總是要記得
於這一段時間
我所收到的他人的愛與關心
在我困難時的幫助
於我
總是一直心懷感謝

所以，就不再生他的氣了
氣他做不到如我所希望的
也不再過多責怪抱怨了
那就這樣吧
做不到也是有原因的
我是明白理解的

生了很大的氣
明白了這個道理
做不到就是做不到，是有原因的

所以就不再苟求
所以就這樣吧

21.08.2018

好多人都不明白
要為自己承擔自己情緒的責任
卻習慣於怪罪到別人那裏
把心中的不滿發泄到他人那裏
往往是愛自己，關心自己的人

好多人都不明白
情緒的責任要自己去承擔
要找出自己不快樂的原因在哪裏
不加爭辯地完全承擔起自己的那一份責任
只有這樣
才能真正解決問題
因為責怪別人
自己是失去力量的
好像自身是沒有能力去改變自己的生活一樣

責怪別人是簡單的
不斷地為自己找尋藉口也是簡單的
因為總是害怕去面對
所以就會總是徘徊，猶豫著
自己對自己設置著重複的障礙
最終，終有一天
直到痛苦不再能被忍受
才會做出改變

每一個情緒都在告訴我們，自己是快樂的，還是不快

樂的

為自己承擔起自己情緒的責任

把快樂與幸福掌握在自己手裏

22.08.2018

我過我的生活
我才不會去在意別人怎麼看我
不活在別人眼中
我也並不為他人而活
別人的眼光，別人的生活標準

我有我自己的標準概念
我自己對生活的看法與如何生活的標準
他人的看法對我無能為力
因我不活在別人眼中
他人的看法，評論影響不到我

我是多麼嚮往過自己的生活
自由自在地
如我所願
那是多麼的酷！

22.08.2018

對自己有一些小小的要求
好的行為標準，好的想法要求
能做到的就努力去做
做不好也沒有關係
下次再努力

對自己有一些小小的要求
生活中的小事情，點點滴滴的瑣事
慢慢地，小事情會累積成習慣
你就會真的變為如此
因為你一直在努力

正是這些小事情
體現著一個人的大精神
一個人的精神，品德，風度都體現在
如何待人的小事情上

我們怎麼說，怎麼做
都在告訴著別人
自己是怎樣的一個人
我們表達我們自己

22.08.2018

大方的介紹自己

大方的介紹你自己
讓別人知道，瞭解你
展現你內在的美好
表達你內在的高貴，優雅，迷人
那正是你
而你也想讓別人瞭解你，不是嗎？

別人越是在背後議論，評斷你
你越是要大方的介紹自己，在這個時候
做正確的，說正確的
展現你內在正面，美好的一面
旁人越是議論
你越是強調你正確的行為與言語
直到你的正強過他人的負

不要讓恐懼侵佔你的內心
只要你做正確的事，說正確的話
正能量就在你之內

23.08.2018

每一個人的每一個行為都在表達著自己
告訴別人自己是怎樣的一個人
或好或壞，或對或錯的行為是每個人自己的選擇
如何對待他人也是每個人自己的選擇
表達著自己
展現著一個人有多愛自己，多尊重自己
一個人有多愛自己，多尊重自己，就會怎樣地去對待
他人

23.08.2018

那要控制你，管著你的人
其實也是深愛著你的人
因為控制著你，管著你，強於你
所以他們也在承擔著原本是加於你的壓力
直到這一刻
才看明白這一點

只是
你是一個不一樣的靈魂
你是一個不一樣的靈魂呀
你的內心深處就已知道，沒有死亡，沒有恐懼
你的內心深處早已知道，自身的意義與價值
你天生就知道，自己來自何處，自己的真相
所以
你一定要，也一定會沖出那重重控制與約束
以你的方式，用你的方法
你心中有深深的為自己的驕傲
你強烈的自尊，與自我價值感
你已深刻地理解自己的意義與價值，和它們來自何處
所以
你是一個榜樣
你將示範給他人
如何自尊自愛，如何面對他人的不尊重
如何自愛自重，懂得如何愛自己，珍惜自己，不為他
人過度犧牲
如何看重自己，重視自己，把自己與他人平等對待，

同樣的重要

你的需要，你的感受，同樣重要，而不是在任何人之後

你只有懂得先照顧好自己的需要與感受，才能夠真正
去照顧別人

終有一天你會明白

我們只有懂得如何真正愛自己，才能知道如何真正地
去愛別人

如何有禮有節地拒絕他人

如何在收到不公不義時，毫不畏懼地為自己站起來

如何沖出那些重重控制與約束

活在自己的標準與眼中

如何展現內心的光耀，和對他人的愛

展現出你內在的優雅與高貴，在你簡單又自然的舉手
投足中

所以

你將愛他人

用你心中純淨的無條件的愛去愛他人

深深地接受他人，理解他人

甚至是那一直在控制你，約束你的人

用你的方式

你那無條件的愛

23.08.2018

誰沒有點毛病，時常會做錯些事
做錯了事，就盡力去糾正自己的錯誤或行為
下定決心去做
成為自己想成為的人
但也要給自己時間
允許自己犯錯誤
正是在錯誤中，我們學習成長

多給自己些理解
多給自己些時間
但也下定決心去做

24.08.2018

你是值得被愛的
因你是多麼重要

永遠也不需要去做那些本不應是你做的事
去換得他人對你的愛
永遠也不需要

懂得要自己愛自己
在他人無法做到愛你時
自己要珍惜自己
自己尊貴自己
因你是如此重要

當別人不愛你時
是因為很多人連自己都不愛
他們又如何能給到你需要的愛
所以就不要再去要求
因為他們做不到如你所要求的那樣愛你

所以，從今天起
就開始學習依靠自己吧

24.08.2018

所以你要聽天父的話

你是多麼值得被愛

多麼有意義

多麼有價值

多麼重要

多麼尊貴

多麼被愛，多麼值得被愛

這都是天父的意願，誰敢違背

只是你也要這樣去相信，去看自己

毫不懷疑

任何人意圖讓你感到沒有意義，沒有價值

不值得被愛，不重要時

都要拒絕去相信

你要看到那真相

真相是，其實他們不愛自己

其實那是她們自己的痛苦

其實那是他們自己感到沒有意義與價值

卻要把這些痛苦放到別人身上，轉移到別人那裏

讓他人感同身受

所以

你總是要記住這真相

你總是要能看見這真相
在你面對暴風雨時

24.08.2018

當別人對你不好時
當別人不愛你時
你要記住
那其實是他們自己的問題
卻要讓你相信
你是不被愛的
你是沒有意義或沒有價值的

你如何能去相信那些
你很清楚，上帝是如何愛你的
你如何能不跟隨天父，而去相信那些人的話
你知道自己的意義與價值所在
你是來自上帝，你是天父的一部分
你的靈魂來自天上

所以
你要永遠記住自己的真相
記住上帝的光在你的胸腔之內
要能夠看見，那所有對你不好，不愛你的行為
其實是那些人自己的痛苦

24.08.2018

所有美好的事物都屬你
所有你需要的都會來到你身旁
因你是這樣被愛的
你是這樣值得被愛
所以
所有你需要的，你想要的都會來到你身旁
你值得擁有一切美好

總是相信這一點
你值得擁有一切美好
上帝都是這樣愛你的，誰能夠違背
除非你不這樣想
所以你要永遠記住上帝對你的愛
所以你要愛自己，看重自己
永遠記住你是那永恆的，無盡的意義與價值，這一真相
因你是來自上帝的一部分
你是上帝的孩子

24.08.2018

你是那無盡的意義與價值
你是那永恆的光與愛
因你是來自上帝的一部分
所以，我們也擁有那永恆的意義與價值
那無盡的意義與價值

你就是那光
你就是那愛
來自那永恆的源頭
上帝的光與愛在你之內體現著

24.08.2018

愛他人並不是理由讓你無限的去使用他人

他人的愛並不是理由你可以無限地去使用他人

而那被使用的人也要知道

去愛他人，為他人承擔是有限度的

最好的愛是讓他人也有同樣的能力，而不是一再依賴

於你

24.08.2018

你是被愛的
你是被保護的
因你是上帝的一部分
上帝的光與愛都在你之內
黑暗永遠也戰勝不了你
你要永遠記住
自己的這個真相

25.08.2018

你總是有很多愛對別人

你總是想令他人高興

以至於你會去做本不應由你去做的事

承擔了本不應由你承擔的責任

那是出自於你對他人的一份愛

但是，你也要記住

你只是一個小孩子

小孩子就只需要做小孩子

不需要去承擔大人的情感問題

那是他們自己的問題與責任

讓他們自己去解決

所以

你要再多愛自己一些

愛自己足夠多

要珍惜自己

不要用自己去為他人犧牲

當你足夠的愛自己，足夠地珍惜自己時

你才不需要依賴他人的愛，用自己的犧牲去交換他人

的愛

只有當你足夠地愛自己時

你才會真正懂得如何尊重你自己，尊貴自己，看重自己

負面的人一定會輸
負面的行為最終一定會輸
因他是在錯上加錯，邪上加邪
而你是在對上加對，正上加正
只要你堅持住那正確的一點，不懼怕

對方又能錯到什麼程度，邪到什麼程度
你是那連死亡都不怕的，上帝永恆的光
一切負面行為，一切黑暗
在你面前都將落敗

所以
不用懼怕負面的行為
不用懼怕負面的人

25.08.2018

天生我才必有用
永遠都不需要為小孩子的未來擔心
他們做什麼，不做什麼，能做什麼，不能做什麼
這些都不是最重要的
最重要的是他們快樂的生活
做他們自己喜歡的事

25.08.2018

你總是安全的，你總是被保護的
上帝都是這樣做的
誰敢違背

25.08.2018

當我們愛別人時
我們也在愛自己
因為愛流經我們

25.08.2018

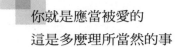

你就是應當被愛的
這是多麼理所當然的事

25.08.2018

不要讓自己生活在恐懼中
不要讓恐懼成為你行動的起因
因為那只會更加放大你的恐懼
令你更為擔心害怕

找到光明的一點，找到正確的一點
在這之上增加力量
並讓這一點成為你行動的起因

25.08.2018

尊重別人就是在尊重自己
懂得如何尊重他人是因為懂得如何尊重自己
平等地對待他人也是在平等地對待自己
不要試圖比別人更強或更好
沒有人願意比你更弱或更差
人不犯我，我不擾人
人若犯我，我定應接

25.08.2018

不要在衝動的狀態下做決定或做事情
因為那時候你的情緒是不穩定的
難免會做出過激的決定
所以要學會能控制住自己的行動
等到冷靜之後，平靜下來
再做決定

26.08.2018

所以你要學會愛自己
所以你要有自己的愛
足夠的
這樣你才能夠支持到自己，不去依賴他人的愛

因為每個人都會有做不到的時候
那時，他們無法很好的愛你
如果你有足夠的自己的愛
就不會被他們一時的負面行為所傷害到

所以，每個人都要建立起足夠的自愛
用自己的愛來保護自己

26.08.2018

學會理解自己
每個人都會有做不到的時候
那時候就要多理解自己

只有當我們理解了自己之後
我們才能更好的去理解他人

26.08.2018

學會原諒自己，在我們犯錯之後
因為每一個問題矛盾中，都會有一個我們需要明白的
道理
一個我們要理解自己的地方
當時，我們可能做不到
當時，我們並不是有意的
當時，我們可能在某種情緒中

所以，學會理解自己
也要學會原諒自己，在理解自己之後

只有當我們真正原諒了自己
他人才會真正原諒我們

26.08.2018

不能原諒自己

是因為還沒有真正理解自己

26.08.2018

關係中一旦出現佔有行為
一方想要佔有另一方
據為己有，像私人財物一般
這時，美好的關係就結束了

沒有什麼
比讓一個靈魂自由更為重要了
這也是對伴侶最大的尊重

26.08.2018

憤怒的人會找憤怒的人在一起
相同特質的人會互相吸引

26.08.2018

所有的情緒都是正常的
它們都應該被接受

不論是憤怒也好，悲傷也罷
這些情緒都在告訴我們內心的真實狀態
學會不評斷自己，接受自己的每一個情緒
要理解自己
理解自己的每一個情緒

只有我們理解了自己
我們才能真正去理解他人

26.08.2018

越是複雜的，越是簡單
越是深奧的道理，越是簡單的字句

26.08.2018

該知道的你都會知道

不用擔心

你需要明白的道理

你需要理解的人生智慧

你需要面對的人生挑戰

只要你還沒有弄明白，理解了或面對

它們就會在你面前不斷重複

生活會把它們送到你面前

直到你真正弄明白了和麵對

然後，它們成為你的

26.08.2018

沒有那一切醜
又怎能體現出美的存在與意義

27.08.2018

你越是愛自己

你就越是會被別人愛

你越是接受自己

你就越是會被他人接受

27.08.2018

外在的改變
是內在改變的體現
我們用我們的外在
表達著我們內在

27.08.2018

表達你自己
告訴別人你想要什麼，不想要什麼
讓別人瞭解你的需要

不要不好意思說
因為如果你不說，別人可能真的不知道
還以為你就是喜歡那樣

27.08.2018

當你足夠的愛自己時

你就會去愛他人

而不會過多地陷在一些負面情緒中

外在負面情緒中，試圖佔有控制或對他人生氣

是因為還不夠愛自己

27.08.2018

在內心深處去感受他人
也要在現實生活中去瞭解他人
因為精神的與物質總是會有區別的

精神永遠不能取代物質
物質也永遠不能等同於精神

無論在心中設想的有多好
我們還是要在現實中，真實生活中與他人相處
然而在真實生活中
我們的精神又在指導約束著我們的行為與言語

完全物質化的人，很難去理解他人的情緒感受
太過於精神化的人，也會很難適應現實，而去拒絕真
實生活

生活在這個世界裏
找到物質與精神的平衡點
對每個人都很重要

27.08.2018

不要過於勉強自己
做不到的地方就先做不到吧
慢慢地一切都會轉變
自然地，不過於勉強的

所以，也不要過於擔心
不給自己過多壓力
讓事情自然的去進展

這讓事情自然地去進展
其實也是很有意思的事情
好像看著一顆幼苗，逐漸長大並開花
那真是一件令人感到愉快又放鬆的事
看到事情被輕鬆地完成或做到
這真是一件享受的事和時刻
好像上天都在祝福自己一樣

也不是說完全不去努力
或是完全地不管不顧
那事情是真的會去隨意的發展

而是在努力與關注的同時
也允許並接受現狀的存在
沒有什麼是不好的
我們要對自己真實，也要不評斷自己
無論他人是怎樣看，或怎樣想

做自己吧

給自己更多一些理解

27.08.2018

不主動去惹事
但也不要怕事

不論來的是什麼，人或事
堅持住原則
做正確的，說正確的
就是正　能量
在正確的要點上，不斷地累加力量
就是在放大正能量

不論別人怎樣邪上加邪，錯上加錯
你總是可以正上加正，對上加對
邪永遠也壓不了正，你要記住
光一定能贏了黑暗
這是不變的真理

27.08.2018

你是值得被愛的
值得被好好對待的
要永遠記住這一點
因為，你愛你自己
非常非常的

所以
傷害不再發生在你身上
不尊重的態度和言語不能再對你說出
那是他人在不尊重他們自己
而你將不再接受
因為如今
你愛你自己如此之多

你將會多麼榮耀你自己
只因為現在
你愛你自己這麼深
你是被愛的
你是值得被愛的
你是應該被好好對待的
你是被尊重的
你是值得擁有一切美好的
你是自由的
你是你想要成為的人

你就是光，無盡的意義與價值
你就是愛，無盡的，無條件的愛

27.08.2018

相遇本就是浪漫的

相遇本就是浪漫的
尤其是相愛的人

28.08.2018

你越是限制，別人就越是要離開
你越是放手，那個人越是會留下

去與留，本就是自由的事情
愛一個人，怎麼會不給他/她自由
最重要的是
在愛中相遇，也要在愛中分手

28.08.2018

一個強有力的祈禱：
我在上帝深深的愛中
我是被保護的，我是安全的

或：
我在上帝深深的愛中
我被上帝深深愛，上帝深深地愛我
上帝保護我，我是安全的

28.08.2018

人生如同一張白紙
由我們自己刻畫

人生如同一幅畫卷
由我們設計規劃

怎樣的人生
由我們自己去畫寫
由我們自己去決定，去夢想

這並不是不切實際的
不腳踏實地的
而是我們的生活不由他人定義
有相同，也有不同
有自己的想法，過自己想過的生活
不活在別人眼中

人生怎麼能不去追尋心中的夢想
做自己想做的事，過自己想過的生活
那是怎樣的人生？意義何在？

無論再晚都不會太晚
無論何時何地，都可以此時此刻
我無法忍耐一天不去追尋我的夢想
因我無法再回頭，去過那過去的生活

28.08.2018

和你在一起的日子每天都很快樂
心裏裝著一個快樂
讓我忘記了那狀態
讓我忘記了那悲傷
慢慢地我變得快樂起來
比以前快樂一些

雖然相處的時間並不久
雖然我知道你早晚會離去
可是我仍然願意與你在一起
即便是短暫的相處
因我想要與你的美有相處的時光與經歷
所以我仍不顧一切地投入進來

未來無法掌控與預測
但我已無法停下或回頭

28.08.2018

我愛你時

也是在愛我自己

愛流經我，流向你

如何我能不被愛，在這過程中

上帝讓我遇見你，在這一時，這一刻

上帝讓你愛上我

上帝讓我去愛你

上帝讓我一定要去愛你，我如何能違背他的意願

雖然我從未想過這一切

但是我知道我要愛你的一切

我心深處知道

我只能這樣愛你

在我心深處

愛你的一切

因你是上帝派來的，我生命中的天使

愛我的人，保護的人

我要你愛我

那樣地愛我

因為我也同樣地那麼愛你

你怎麼會不給我自由

因為你愛我呀

因為我和你有同樣的愛
對他人無私的愛

28.08.2018

不要去替那些犯錯的人難過
若他們尚未悔過自新
就讓他們去受苦，受罰
直到他們也有了對他人的良善之心

只有對那些承擔責任並悔過的人
才能原諒他們

28.08.2018

當你給予別人自由時，你也在給自己自由
當你給予別人自由時，你也將被他人給予自由
我們怎麼做，我們就會收穫什麼
若你想收穫什麼，那你就去做同樣的事

相同的能量總是會相互吸引

28.08.2018

對我來說
所有我不滿意自己的地方
過去發生的
尷尬的經歷
我都把它們看作是我很酷的一部分
反正我根本不活在別人眼裏
我用自己的概念來定義自己
我喜愛，接受自己的一切

28.08.2018

美需要被看到

美需要被看到
不然美就失去了意義

不同需要被看到
否則，不同何必存在

28.08.2018

一個人突然闖進我們的生活
這根本無法阻止

上天為我們安排了許多人生經歷
總是有一份祝福在裏面
無論你是否能立刻看明白

29.08.2018

有時候

要告訴別人你所處的狀態，好與不好

什麼能做，什麼不能做

愛你，關心你的人會體諒你的

按你所需的方式來與你相處

做一些能夠助益你的事

所以

告訴別人你的需要，你的狀態

不要逞強，或不好意思說

否則，別人不知道

如果你事先說

無心之舉帶來的傷害，抱怨，指責就可以被避免掉

增加了彼此間的愛與理解

29.08.2018

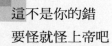

這不是你的錯
要怪就怪上帝吧

29.08.2019

教給小孩子學會自愛的概念
自己愛自己
懂得自己是值得被愛的

從小就建立這樣的思維模式
使他們永遠也不用因為感到匱乏愛而去依賴他人

在情感上獨立

29.08.2018

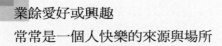

業餘愛好或興趣
常常是一個人快樂的來源與場所

29.08.2018

不正確的行為就應該被拒絕和阻止

無論你有多善良

為自己設下界限

講道理，冷靜地維護自己的權益

有禮有節地拒絕

千萬記住

不要在衝動下做事

萬一做錯

下一次要記住避免

為自己設下界限

愛自己，珍惜自己

不為他人過多地犧牲

愛他人並不僅僅是犧牲與奉獻

無限的犧牲與奉獻是愛的能量的浪費

真正的愛

是教會他人正確的行為與言談

無論是大人或小孩

善良並不等同於軟弱

你所設下的關係中的界限

正是你的智慧之光

29.08.2018

那些惡劣行為的人
沒有他們的醜
那裏能襯托出你的美
所以
就把醜留給他們吧

30.08.2018

占一點公家的便宜
別人都愛占的小便宜
你就不做
喜歡為自己驕傲
在小事情中體現的品德
有人知道或不知道都無所謂
重要的是心裏為自己驕傲

30.08.2018

許多小動物都如同天使一般
是上帝派到我們身邊
無條件的愛我們
撫慰我們的心靈

有他們的陪伴是多麼好

30.08.2018

來到你身邊尋求幫助的，可憐的人
是否幫助他人
要有鑑別的眼光去分辨出
這個人是否應受到幫助

伸出援手，只是對
那些已經受了極大的苦
已經發展出對他人無私的愛
已經悔過自新的人

對那些想利用他人同情而拜託痛苦的人
讓他們繼續受苦
不要被利用了

30.08.2018

只有在那些愛你的人眼裏
你才會看到自己的美好之處
意義價值所在

只有愛你的人才會告訴你
你是多麼的
一切都好

只有愛你的人
才會看到你內在的美
只有愛你的人才會告訴你
你是多麼不同
只有愛你的人才會讓你看到
你是多麼優秀
多麼成功，有才能

只有愛你的人
才會將你向光明的方向，更好的地方
引領與推動

上天會送愛你的人來到你身邊
在你永遠也無法預想的不經意中
浪漫地

30.08.2018

人生是需要浪漫的
來滿足我們每一個人的
小小的浪漫心願

30.08.2018

若你在一份浪漫關係中

一切發生都是美
一切設想就限制了美
讓未知自然地去發展
按照心中的感受與願望
去決定怎樣做

30.08.2018

拒絕就拒絕
有什麼關係？
喜歡就大方表白

拒絕也沒有關係
反正我完成了自己的願望
做了心中想做的事
也不會留下遺憾或後悔了

人生就是要對自己真實
真實地對待自己心中所感
心中深處的情緒與感受
同時
理智的思考
用智慧決定你的行動

30.08.2018

喜歡成功，就去追求成功
但那最終一點的目標並不是最重要的
重要的是
你在做你喜歡的事
你享受其中

喜歡物質
但不為物質所困
喜歡金錢
但不為金錢所困，不去貪財

當你在做你喜愛的事情
當你為之付出心中的愛時
你期望的成功，成名與財富，會自然而然地來到你身邊
但它們　永遠不是你做事的第一目的
你的第一目的是去做你喜愛的事，表達你心中的愛

當你在做你喜愛的事是，為之付出心中的愛時
你需要的一切也會來到你身邊
上帝照顧我們

30.08.2018

當別人意圖貶損你的時候
為自己驕傲，是沒有錯的

30.08.2018

喜歡目光

普通的人與有名的人的區別就在於
普通的人隱藏/處于人群中有一份和他人一樣所帶來
的安全感
而無法承受成為不同所帶來和將面臨的考驗
畢竟
與大多數人一樣是安全的，不會被評論或挑剔
沒有他人眼光的測試
而喜愛不同的人，出名的人
她們要的就是人群的眼光與注視
他們並不會因為不同而感到自己任何不好
正是這一點
使他們成為人群羨慕的原因

我與你相同或不同，你接受我或不接受我
你對我有這樣的看法或那樣的看法
對我都不重要
所以，你喜歡我
所以，人群喜歡我
因為這也是他們想要的，在意的
所以，他們會注視我，羨慕這樣的不同

而樂趣就在於，我喜歡這樣
我喜歡目光
因我的自我感覺很良好

越是注視我，看我的人越多
我越是喜歡和高興
我就是喜歡
這樣的不同

30.08.2018

生活環境再好
不能做自己喜歡的事情
也是沒有意義的

30.08.2018

一個人事業的成功
取得的社會價值，社會意義
與精神上的意義價值，人人皆平等
是兩回事

精神上人人皆平等，而在社會關係中會有上下等級，
重要性的區分

30.08.2018

美是

我就是美
美沒有定義，沒有唯一的標準

一切都是美
無論是玫瑰或是小花
美是
認識到自己的唯一獨特性

當你看到自己的這一唯一獨特性
你就在美中
你的相貌就是美
美的展現

他人的美醜觀點，美與醜的喜好
那完全不重要
動彈你不得，觸動你不了
那就是一份美的定力
你越是安定在你的美中
這份美的力量就越是吸引人

你就是你
你就是美，好看的，漂亮的
你越是愛自己，接受自己
這份美的力量就越大
自由自在的美

30.08.2018

和你在機場見

多麼幸運我遇見你
多麼幸運我們的關係過去一直很好，而且現在仍然很好
這是多麼幸運

我如何能忘記你
我如何能有任何時候不關心你
每一件事我所做的，都是為你
我親愛的
你知道我多愛你嗎？
我的全部生命

雖然我們並沒有像那樣的方式愛著彼此
但那並不改變我的心是為你的
它並不改變我總是想著你
總是

30.08.2018

我無法置信她所告訴我的這一切
仿佛我的一生才剛剛開始
我第一次知曉，我是這樣成功
有著這樣一份讓人尊敬且羨慕的職業
她不知道她帶給了我什麼
人生的希望

我總是看著她那所有的美與好，所有的不同，而羨慕
不已
卻從不知道自己也是這樣的成功，優秀與傑出
只有在她的眼中
人生中第一次，我這樣看到自己
第一次別人這樣告訴我，我是這樣成功這樣優秀
她總是如同一面鏡子
雪亮地照出他人心中所思所想，好與壞
用她自己的真實
可是我
就是喜歡她這樣，這樣的真實

她還總是那麼好玩
常常令我招架不住
爆笑不已

人生的不可思議
她說這一切是上帝的安排
我也覺得自己並無選擇的餘地

這樣無可救藥的喜歡她
無可救藥地想要與她更久的在一起
我只能把這一切理解歸咎於是上帝安排
誰能拒絕上帝？

當愛降臨時
當愛執意來找你時
你是無可救藥的

她說，上帝安排了我去保護她
可是我從她那裏收穫的，並不比我付出的少，絲毫不少
她的不同，她的玩世不恭
她的種種好玩地方，那份快樂
還有她的大智若愚

這一切的好
讓我不得不也感嘆
人生的不可思議

30.08.2018

每個人都會遇到生命中的困境
每個人也都會遇到似乎無法解決的生活難處
上天安排這些生命的困境給我們
就一定也會為我們準備了解決問題的方法

人生的磨練，總是有寓意蘊含其中的
上天在每一段經歷中都埋藏了祝福
等待每個人去理解
那將成為他們的人生智慧

逃避永遠不解決問題
逃避只會放大問題，增加恐懼
而那問題一定會再次重複出現
直到你能夠面對並解決

上天為你安排的難題
一定是在你能力所能解決範圍之內的

30.08.2018

讓醜陋享受自己去吧
不必和他們鬥
讓他們自己折騰自己

他們可以選擇
繼續折磨折騰自己
或者選擇愛他人

31.08.2018

哪裏我們都會遇到愛你的人
愛你，保護你

磨難總會過去
在你的沒有期待中
那愛你，保護你的人
悄然而至

除了
爭吵也會發生
在相愛的人之間

01.09.2018

你優秀你的
成功你的
我優秀我的
成功我的
大家互不干涉，侵擾比較

你很好
我也很好

01.09.2018

我是上帝的孩子
上帝的一部分
無盡的意義與價值

沒有任何人能夠把他們的痛苦或羞辱放在我身上
那痛苦，那死亡，那羞辱仍然是他們的
我從未接受，也永遠不會接受

我只需要記住這一切就可以了
無論曾發生在我身上任何事
只要我明白了這個道理
那過往我曾感到的痛苦，羞辱，將全部消退
誰的痛苦，以後誰自己承受

01.09.2018

別人做錯事
並不意味著我要和他一樣，做同樣的錯事

做正確的，說正確的
正能量就在你之內
堅持住
你就在放大你的正能量

01.09.2018

小孩子也是一個獨立的個體
有自己的想法，情緒，自我意識
小孩子也是一個獨立的靈魂

不能因為是小孩子
就沒有行為要求
那就是在助長他們錯誤的思想與行為

小孩子的錯誤行為是一定要被拒絕和糾正的
父母/大人也會有自己的需要和情緒
大人應該注意同時照顧的需要與情緒
這樣小孩子才會從大人身上學習
雖然他們的行為是被拒絕的
但那就是對他們什麼是正確行為的教育

小孩子也會測試大人
測試他們對這個大人有多大的把握與控制
所以大人對自己的自愛，自我尊重會被體現在與小孩
子的關係上

去愛一個小孩子
並不僅僅是無限的愛與包容
愛也可以是強硬，堅定的拒絕

這樣，大人就是一個榜樣
在教會小孩子怎樣設定界限

怎樣對他人說："不"，怎樣拒絕別人

而這是所有關係中最重要的一點
愛一個人並不意味著失去自我
愛一個人並不意味著可以無限要求
愛你並不意味著我沒有自己的界限

02.09.2018

有本事你獨立生活去

只要你一天在我這裏與我生活

就要尊重我是我

我的要求，我的需要，我的情緒感受

不然你就獨立去生活

你是你，我是我

你自由地做你自己

我也需要自由地做我自己

這是對小孩子與父母之間差異的處理原則

小孩子必須懂得尊重父母

父母與小孩子之間存在很大差異，矛盾衝突，是正常的

小孩子也是獨立的個體與靈魂

02.09.2018

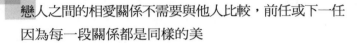

戀人之間的相愛關係不需要與他人比較，前任或下一任

因為每一段關係都是同樣的美

02.09.2018

只有在愛人的眼中
你才會知道自己有多麼特別，不同
只有在愛你的人眼中
你才會發現那連你自己都未曾發現過的自己一部分
而變得自信

只有愛你的人
才能帶給你這些
這些重要的，極為重要的，將帶給你自信的信息
只有在愛你的人眼中
才會有對你這樣的崇拜

只有愛你的人
才能帶你走出困頓
不再原地打圈
因他們幫你重建的自信
在他們愛你的，崇拜的目光中

只有在心中真正愛我們的人
才會給我們帶來這樣的光明與希望
只有在愛人崇拜的目光中
我們才會變得如此之強，閃耀得如此之亮

02.09.2018

當然可以正當防衛保護自己
永遠都應該保護自己
但是
主觀，惡意傷害他人是不行的
這是本質的區別

06.09.2018

愛是給予
在給予中，我們收穫

愛是不勉強
你能不能愛我
都不影響我對你的愛

我們一時做不到完全這樣
那能做到多少就做到多少
給自己多一些理解
成長總是需要時間的

07.09.2018

不犯錯，那是不可能的
想要完全規避掉錯誤，那也幾乎是天方夜譚

因為正是錯誤讓我們成長
正是在錯誤中，我們學習

沒有錯誤，怎會知道什麼是對與正確
沒有錯誤，人生都會是缺憾的

正是錯誤，激勵我們不斷進取
正是錯誤，讓我們約束著自己，不再犯同樣的錯
也正是錯誤，讓我們明白
什麼是可以做的，什麼是永遠都不能做的

正是錯誤讓我們明白這一切
這些就是錯誤的意義

07.09.2019

常常告訴小孩子：我愛你

表達你對他們的愛

長大後，他們也會自然這樣對別人說

07.09.2018

謝謝你曾那樣看我

原諒我年少而不懂得感謝
輕易地接受他人那麼多的給予
而不知應真誠，發自內心的感謝

因為
沒有你的給予，你的欣賞
怎會有我如今，如此外顯的美麗
而我謝謝你的目光
你的欣賞
給了我這樣的自信

謝謝你的愛
在我人生的這一時刻

原諒我年少而不懂得感謝
將他人的給予，收取好像理所當然
如今的我
在一些經歷後才明白
我是多麼應該感謝他人曾給我的贊許，欣賞的目光
而不是驕傲的，理所當然的取之

所以
讓我再一次地感謝你吧
謝謝你曾那樣看我的目光
也謝謝你的愛

07.09.2018

不必試圖逃離

因為你逃離

那試圖抓住你的力量也會變得更強大

你在給另一方力量

最後，兩敗俱傷

不如你就做你自己

你想做什麼就去做什麼

可是你真的能做到嗎？

然後你會發現

其實你一直在為一個人在擔心

擔心他/她好與不好

快樂不快樂，安全不安全，等等等等

然後，你又會發現

其實那個人也在為你承擔著什麼

擔心著你好與不好，安全不安全

所以

你就釋然了

因為你知道，對方為你承擔是因為著一份愛

無論這份愛是出於浪漫或是非浪漫的愛

而你能做的

也只能是同樣地愛回對方

愛他/她，因為他/她為你承擔的也是出自同樣的一份

真誠的愛

一份他/她內心深處最真誠的愛

所以你也要同樣地愛回他/她

同樣地，用你內心深處最溫暖的愛，愛回他/她
只因為他/她所為你做的，承擔的
去感謝這一切

因為愛會療愈我們
療愈我們心中最深處的傷害
也只有在愛中
我們才能真正地自由

07.09.2018

你是多麼重要，多麼價值無限
怎麼會讓你去承擔這些事
承擔他人的痛苦，他們自己應為自己承擔的羞辱

你是多麼重要，多麼有價值
怎能你不這樣看自己
所以，今天我要這樣愛你
這樣告訴你
這個你內心深處，小小的受傷的孩子
因為他的一顆金子般的心
我看見的

你是多麼重要，多麼有價值
所以我希望你以後都不再這樣對待自己
而是要多愛自己，多珍惜自己
因為你再不需要這樣做，來交換一份愛
你本就應該擁有這樣一份無條件的愛
不需要你做任何事來交換
因為，在心靈深處，你只是一個小孩子呀

你是多麼值得被愛
只因為你這樣的一顆純真的心

07.09.2018

無論在怎樣的考驗中，測試中，痛苦，挫折，不順，
逆境，惡人
都不能失去對上帝的信心
不能忘記自己來自上帝，是上帝的一部分

07.09.2018

在幫助他人時，常常我們自己也會受益
同樣的助人，愛人，令他人受益
出發點的不同，決定了本質的區別
是為了自己的利益才去助人，還是真的為了幫助別人
而助人
決定了這是對他人無條件的愛，還是自私的愛

雖然助人時，我們或許也會受益
但出發點的不同，決定了本質的區別

08.09.2018

你怎麼樣都好看
你總是處在美中

因為你就是在做你自己
這就正是那美的地方
你的唯一，獨特
不與任何人相同

09.09.2018

在我離開時

可是，至少我要愛自己呀
不去承擔別人的責任
不去承擔他人的痛苦

希望一個人獨立自強
所以離開一個人
希望他/她有自己的能力去面對，解決人生的困境
所以，離開一個人

在我離開時
我已並不感到痛苦
心中已無割捨不斷地悲傷與牽掛擔憂

在我離開時
在心中，我已對他感到有信心
那份我建立在他心中的愛會萌芽，長大而強壯
而他所給我的，也會永遠被我記住

在我離開時
我希望我們已可以和平相處
我希望我們仍舊是在對彼此的愛與關心中

在愛中相遇，也要在愛中分手

10.09.2018

分開也要浪漫的分開
分手就是分手
浪漫就是美

10.09.2018

我已學會
當別人羨慕我，崇拜欣賞時
要懂得感謝
因為正是由他們投給我的目光
才有我這樣的不同

我已學會
不再貪戀別人對我的一份不捨
來感到自己有多重要
滿足自己的一份價值，重要感
我放手
讓他們有自己的快樂生活
找到自己最合適的伴侶
愛他們自己身邊他們真正愛的人
這才是對他們最好的
對我的崇拜，對我的忘不了，這些小我的自我滿足根
本不重要
也不應有
這不是對他人真正的愛
愛一個人應該是希望這個人真正的幸福

我已學會
跟隨心中真實感受，去做自己真正想做的事
但不以傷害他人為基礎和出發點
三思而後行

當我離開時
我們將已會是朋友
因為那真誠的愛流淌在心中
化解掉一切不滿，誤解，與不捨

10.09.2018

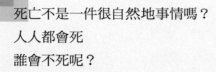

死亡不是一件很自然地事情嗎？

人人都會死

誰會不死呢？

11.09.2018

一個人已準備好要去做一件事就會立刻去做
不會再猶豫再三是否去做
如果一再猶豫或放棄
那是因為還沒有準備好

12.09.2018

事情該是怎樣還是會怎樣
所以也不必過於責怪自己

你的人生裏發生的事情，絕大多數也不是由我們可控的
雖然看起來似乎我們可以改變或控制

該是你做到或完成的人生計劃或目標
上天會派人來幫助你的
所以也不必過慮
只是，你該做什麼還是要去做什麼
該努力的還是要努力的

12.09.2018

讓事情順其自然地發生
不要太過於勉強自己
或是責怪自己沒有做到

該做到或完成的時候，就會自然地做到或完成
等待就等待吧
這個過程不也是很好嗎
好好休息吧
上天在照顧你，讓你好好休息

12.09.2018

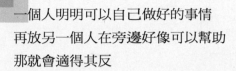

一個人明明可以自己做好的事情
再放另一個人在旁邊好像可以幫助
那就會適得其反

13.09.2018

除了做自己，我還能做誰？
難到我要去做別人眼中的樣子
為什麼呀？
我　又不欠他／她什麼

13.09.2018

清晨呀
燈在房間裏還是開著的比較好
因為這光讓我感到溫暖
在這稍有昏暗的清晨裏

可是
我就是這樣喜歡清晨的感覺
一個人
與自己在一起
清醒的頭腦

來歡迎這一天

13.09.2018

偶爾的炫耀一下有什麼關係

為自己驕傲一下嘛

13.09.2018

這一生要做多少事
要做什麼事
要遇到什麼人，在生活裏
都是註定好的
也是我們自己選擇的

13.09.2018

世界上的事情真的是不可思議的
生活裏的這個人，你遇到的那個人
一個接一個
問題也正巧就是相似

因為相似，所以才會相遇吧

14.09.2018

人與人的相遇真的可能是不可思議的
如果只是糊塗的生活
那倒也沒什麼
而如果你清醒地活在這個世界上
就不得不常常感慨
這人生的一次次不可思議

15.09.2018

只有我們做自己，別人也才可以做自己
只有我們對自己真實，別人也才能真正對自己真實

17.09.2018

矛盾有時候是難以避免
衝突真的是讓人遺憾
然而
常常，只有在衝突激化時
解決方案才會顯現出

17.09.2018

以為自己已經知道很多
以為自己什麼都已明白
可還是有很多
只有在經歷中才會明白
明白得更深刻

17.09.2018

矛盾是一定會有

衝突也一定會發生

有的人就是不應被同情

有的人就是要被冷眼相對

天使們都有撒旦這位惡魔相陪

何況你我

17.09.2018

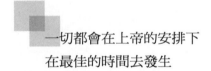

一切都會在上帝的安排下
在最佳的時間去發生

17.09.2018

世事總是和預料的不同
不要去預測上帝的計劃

17.09.2018

在這個世界上要對他人心存良善
因為真正保護我們的是我們心中對他人的愛

17.09.2018

當愛流經我們，流淌入他人
療愈了他人，療愈了我們自己

17.09.2018

上帝的愛在我周圍
圍繞著我，保護著我
誰能比上帝的愛更強

20.09.2018

隨意地對他人發火是不對的
雖然我們應該對自己真實，要做自己，尊重自己的情緒
但是隨意，那樣隨意地對他人發火是不對的

可以生氣，也可以發火
但不可以那樣隨意隨便地對待他人
那不尊重他人

有情緒，但不可傾倒於他人身上

說再多，道歉再多也無用
改了再說
那是需要時間的

21.09.2018

亦真亦假

亦虛亦實

雖然我對他有很多失望

但我應不會忘記初次遇見他時的感受

和我所喜歡他的，吸引我的那一面面，他的一面

因為

我是最好的

21.09.2018

無論遇到什麼
無論在怎樣的黑暗與恐懼中
我是那永不蒙塵的一顆光與愛
面對那惡意
面對那邪惡

較量中，真正地較量中
我的力量升起，我的真力量在較量中升起
那就是我的真相
光與愛
我是上帝的一部分

21.09.2018

讓那惡意流走
讓那邪惡流走

他們還能做多久的邪與惡
無非是去面對他們自己真正的恐懼
在流經中
沖洗了我們的真相
那不變的—永恆的光與愛

22.09.2018

事情總是會在該完成的時候完成
也不必過於擔憂牽掛

尊重自己的情緒
但也不要讓情緒控制自己

22.09.2018

人生就是這樣
一件件事串起來
一個個人串起來
就構成了人生

然後，你就會去思考
為什麼會是這樣，為什麼會是那樣
最終也許會明白，找到了根源
於是人生，就是如此
在你面前
在你明白了所有之後

雖然是有遺憾的地方
可是我也真的沒有別的辦法

我只能期待著在未來的某一天
我要與你好好相愛
熱烈地

我知道，我將會有那最好的，從你那裏
我知道，你將會給我最好

而我將會是多麼樂在其中，滿心歡喜地接受
我將會是多麼幸福又幸運
在你的愛中

22.09.2018

幸福在種種小事情上

常常想，如果自己只是一個普通的，平凡的小女人
過著自己的生活
這樣不是很幸福

在自己先生的疼愛與保護下
我只想要種種花，養養草就可以了
這本就是我的喜好

房間裏只要擺上一盆花草
整個房間馬上就顯得可愛起來了

22.09.2018

寫字就是要寫簡單的字

越是簡單樸實的字，越是打動他人的心

22.09.2018

比別人強，並不意味著去傷害
善良的人，是不會去做這樣的事情的
不過，對方也不會再有可能以這樣的機會去任意傷害
他人了

因為你的良善，你內心的光明
已強過那一處黑暗

悔改與否，於那人自己去決定
只要他／她不難受
就在那黑暗中繼續浮沉吧

而你的光，你心中的光
是來自於上帝
誰想比上帝更強？

22.09.2018

為惡的人，往往以為你也會同樣的惡待回她/他
因為他們從未被以良善的方式對待過

所以，你心中的光要強過那惡或黑暗

22.09.2018

我不是不可以冷笑，邪惡的笑
而是我不屑於那樣的笑
讓對方自己好自為之吧

我不是不可以傷害，或是仇恨
而是我不屑於做那樣的事，有那樣的行為
讓對方自取欺辱吧
如果她/他還想再繼續她的那些行為

這就是正能量
來自上帝的光與愛
同在我的心中
也同在你的心中

22.09.2018

一個人是逃不過自己的良知的

22.09.2018

不要懼怕
無論在何種情況下
都要記住
自己是來自上帝的一部分
那光與愛，明亮的光與愛
不論你面對的是怎樣的黑暗

22.09.2018

我們所預想的事總是會與上帝安排的不太一樣
但上帝總是為我們安排了最好的

22.09.2018

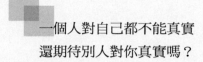

一個人對自己都不能真實
還期待別人對你真實嗎？

23.09.2018

一個人尊重自己的辛勞付出
是應該的
無論是精神上的珍惜驕傲，或是物質上的要求
這是無可厚非的

23.09.2018

最好的時刻
就是心中沒有煩惱的時候
最好的日子
就是可以悠閑悠哉的閑晃一整天
也沒有人會來說你什麼
還是很幸福地被愛著
安全又放鬆地

23.09.2018

生活裏，人生裏
要認識多少人
這一生，這一人生的路上
要認識多少人
已認識了這麼多人，還要認識多少人

我也不知道
只是一個人一個人地去遇見
於是這就成為了人生
這就是我的人生
我的人生，我這一生就是如此

沒有比較，也沒有分析
沒有好壞的區分或評斷
什麼都沒有
就是如此

每一個遇見都是美的
在美中

24.09.2018

遇見是不同的

和認識是不一樣的，認識就只是認識
而遇見是不同的
在等候了這麼久，期待了你這麼久之後

神時一般地與你遇見
偏偏就是與我完全所期待的一樣

這個世上就是有這樣的事
好不容易，這麼久之後
遇到的這樣一個人
還是以這樣無法置信地方式認識的
偏偏她就是這樣完全如此，如你所期待已久的樣子
可是又不能去與她再相識，再相遇
就是會有這樣讓人無法質疑又無法置信的事
你無法再多去懷疑，可也無法再多置信
就是這樣

近在咫尺，可是你也拿不到
拿不到
就只能如此

就只能如此
再沒有多的可以改變

24.09.2018

這一切是早已註定要發生的
看似巧合的事
其實早已在安排

不想再去問前生的一切如何總總，怎樣
只想看與你今生的相遇
只想知道與你今生的故事
不想知道那些太複雜的記憶

因為你是那樣的和我所期待的一樣
那樣的和我所期待的一樣
以至於我不得不想
這只能以這樣的方式與你遇見並相識
因為你近乎是完美，與我一直所期待的
就是我所喜歡又期盼的

我告訴過自己的
除非我能遇到一個這樣的，我才能離開我的太太
因為我以為這是不可能的，我所期望的那樣的一個人
要那樣出眾，又會願意留在家中，依賴於我
可是你就是這樣
所以，我就遇見了你
儘管是以這樣的方式
儘管你仍然並不完全信任我

如果你說，這一切是註定的

我也同意
但是我是高興的
與你這樣相遇又相識

這一切是多麼的美好又奇妙，以至於讓人無法拒絕地
愛上這一切

25.09.2018

在任何關係中，都有一條界線
無論是怎樣的親密，怎樣的親情

親密與親情不是逾越他人界限，不考慮他人感受，需
要的藉口
界限就是對他人的尊重

25.09.2018

沉默時

沉默是一件多麼舒服的事情
表達著你的深度
在無聲中

沉默是你內在有智的外在言談，舉手投足這些舉動間
的表達
你知道什麼時候該說，什麼時候不該說

所以，你選擇沉默
在無聲中
你已經表達了你想說的一切

26.09.2018

我太喜歡做這些事情了，以至於我忘記了其他
凡是于社會，于他人有益的
都是我所喜愛做的

我像是個管閑事的人嗎？
不，我不是的
我並不是一個好管閑事的人
但是于社會，于他人有益的事
我是一定會去做的

我無法看到他人於苦難中，沒有希望
於黑暗中，而見不到光明

那會是我心最痛苦之處，我無法再忍受一絲一毫
再遷就一方一處，遷就一個來和我談話或一處來說情的
我只想做那正確的事

我只想照出我心中，內在的光

26.09.2018

我根本不在意金錢與否，我也不願意強權與否
我只在意那是否做的是正確的
我只在意是否有人在苦難中，而無助可尋
我只在意是否有公平公正的事情被正確的實施
這些才是我所在意的

你做的正確與否
才是我所在意的

26.09.2018

事情總是會和預想的不完全一樣
但，這也正是生活，做事情的樂趣所在

26.09.2018

我是那無盡的愛與光
我是那無盡的意義與價值
我來自那偉大的一部分
我是那愛與光

我散發著明亮的光
我傳遞著無條件的愛
我無所畏懼
於黑暗中，我照射出光明
於苦難中，我投入希望

我是那無盡的光與愛
因我來自於上帝
是那偉大的一部分，我是上帝的一部分
我是在心中
無盡的光與愛

26.09.2018

我才不會為他難過呢
他當然是愛自己，尊重自己的

我確實不想對他人生氣，對別人不好，讓人難過
但是，我知道，我要尊重自己的情緒
如果我不對自己真實
別人如何對我真實

所以，我只能對自己真實
真實地面對自己的每一個情感
這並不是我會被情緒控制
只是，我要對自己真實

我不要再去為他們做任何
他們當然可以做好一切

27.09.2018

只要我不害怕

我周圍的人，他們就不會害怕

他們可以感受到我的感受

27.09.2018

所有我對自己不滿意的地方

我都會認為它們很酷

27.09.2018

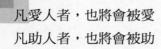

凡愛人者，也將會被愛
凡助人者，也將會被助

28.09.2018

什麼都無法阻止我知道，阻止我明瞭：我在上帝的愛中，我被上帝愛著

什麼都無法令我忘卻：我在上帝的愛中，我被上帝深深愛著

什麼都無法阻止

什麼都無法動搖我

相信這一切

只要我在上帝的愛中，我知道，我就會被他人所愛

02.10.2018

仿佛我走了很長一段路
就是為了與你相識相遇
在現實中

若是見不到你
我會感到遺憾
若是見不到你
我也會接受，這一事實
但我是希望與你見一面的

仿佛只有見到你
仿佛只有與你再相識，再相遇
才會了卻我這三生三世的願望
一個我心中的願望

去到你身邊
與你在一起
在這一時刻，這一地

一切都在上帝的安排下

03.10.2018

苦難洗煉靈魂
於苦難中
靈魂被洗煉，提升
所以，受苦不可被拿走

有的人受苦是因為懺悔
有的人在受苦中是因為應該受苦
因為那靈魂中的邪惡部分尚未受到懲戒

要看得透這些
你需要走過自己的苦難
所以，你才能看得出，識別得出這些人

並沒有對錯的分別
但是，人生
需要這樣的智慧

03.10.2018

我知道，我做錯過事情
但這輪不到你來評斷我
我知道我做錯過什麼
但這輪不到你來評斷我

但這不再影響我對自己的接受
我心裏很清楚
自己曾做過什麼，是錯的
但這輪不到你來評斷我
尤其是為了你那自私的目的
尤其是我能看到，你那自私的目的

我仍然是我
我仍然接受自己，每一部分
仍然為自己
驕傲
我不會因自己曾犯錯
而將自己貶損或拋棄

我不會再這樣對待自己
我會，我要為自己驕傲

不會是一個人曾犯錯
而這個人不能再為自己驕傲
不會的，不可能的
一個人不可能因為曾犯錯而失去對自己的驕傲

一個人永遠也不能失去對自己的驕傲
無論曾發生過怎樣的事
因為
事情是事情
人是人
在精神上的這一點是永遠不會變的

04.10.2018

你所經歷的，都是為了讓你明白

那都不是你的

不是你的

無論你感受到的是什麼

無論你是怎樣的感受

你要能識別出，分辨出，認出：這不是我的，誰是行

為者，就是誰的

無論在怎樣的考驗中

你都要能堅持住，這一信念

因為這一信念將是帶領你走出黑暗的火

讓你知道哪裏是方向

照亮你前方的路

帶給你希望

帶給你洞見

帶給你智慧

的途徑

黑暗中的人們

跟隨我

若你想離開那片黑暗

11.10.2018

經歷過大風大浪，大風雨的人
才會是，才可能成為真正偉大的人

11.10.2018

我知道，你是一個公平公正的優秀法官

我知道，你心中勇敢正義，無所畏懼

所以

我感謝你

為我的案件付出的心力

所以我感謝你

長久以來，無聲中的支持與護佑

我知道一切

人生何其所知，與誰相遇相識

人生何其有幸，與你相遇相識，遇到你，受到你的保
護與愛護

我受到大家的保護與愛護

很高興遇見你

在漫漫人生旅途中

美好的人生

11.10.2018

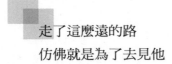

走了這麼遠的路
仿佛就是為了去見他

13.10.2018

溫柔地
溫柔地我待著你
因為我看見你，理解你
所以我想，就這樣對待著你
用我心中的一份愛

溫和地
溫和地，我待著你
用我心中的一份愛
靜靜地，悄悄地，無聲地
這樣待著你
這就是我想要做的
在我的心中
這樣愛著你

這就是我想要做的
這樣愛著你
溫和地
溫和地待著你
也逗你開心

15.10.2018

我不能憐憫他人
那是對他人的不尊重

如果我注意到了自己這樣的傾向
我就這樣提醒自己

但如果我心中確有同情
而不去做些什麼會非常難過時
我也會對自己真實
按照心中的感受
去愛

15.10.2018

仿佛一陣清新的空氣
仿佛一絲清爽的風吹過
我和她這樣認識
我就這樣感受著一個人，在心裏
素不相識
素未謀面
可是我對她卻是念念難忘

仿佛一陣清新的空氣
放佛一陣清爽的風
吹過我，吹拂過我
讓我難以忘記
這樣一位女孩
曾與我這樣相識相遇

我無法遇見她
但我感受到她
我無法聽見她
但我在心中聽得見她說

有這樣一位女孩
我曾這樣與她相遇相識
仿佛一陣清風
仿佛一陣清爽的空氣
我曾與她這樣相識相遇

15.10.2018

人生註定在這個時候相逢
早也不合適，晚也不行
只是在這時候
只能是在這時

因為只有這時是最合適的
已準備好
為了這相逢
早也不合適
晚也不行

此時就是最美
此時就是最好

人生若可以設計
真希望，可與你早相逢
若還有未來
再重逢

28.10.2018

生活是幸福的
幸福在種種小事情上
一個舒適的住所
閑暇的時光
沒有壓力的生活
這些都是幸福

只是平時，一般我們體會不到
因為我們的心思，感受都被其他的事情或人占據著
體會不到心中那寧靜的時刻

這也是正常的
生活正是如此
在這兩端中擺動
沒有什麼對錯，或哪一樣是不好的
都是好
都是美

07.11.2018

我們如何愛我們自己
由愛別人
當我們愛別人時
我們也愛了自己

我們無法只是僅僅愛自己
因為愛需要流動
流動去癒合

18.11.2018

浪漫
我就是浪漫
你是浪漫

讓我們一起浪漫，浪漫在一起
沒有人會比我更浪漫
沒有人會比我更瞭解浪漫中的美

所以
不要拒絕我
加入我一起，一起浪漫
因為你也是那浪漫
而不僅是那條文

讓浪漫的感受包圍你
讓　美的感受觸動你
讓美與愛常駐你的心中
因這是我的心願
我的心願
願你幸福快樂
我愛的人

28.11.2018

註定

註定我見不到你
註定我只是一個夢想家，亦或幻想家
活在自己想像的世界裏
只能在那裏與你相識相知

註定我見不到你
註定我只能這樣遠遠望著你
在心裏
望著你，卻見不到你，觸碰不到你
儘管我曾多麼希望與你相見
儘管我曾一再以為，我們真的會見面
見面，見那曾相識的故人

也許，一切註定就只能是這樣
也許，我們本就是一樣的人
你並不想真正地被愛，因你無法愛我
而我也並不想你真的愛上我，因我也不能去愛你
只能這樣遠遠地看著你
遠遠地
愛你
因為我知道
這才是對你最好的，真正的愛

註定我只能是一個夢想家
與你相識相遇在那想像的世界

28.11.2018

我經歷生活的喜悅，我經歷痛苦
我經歷幸福快樂，我經歷悲傷
我收穫智慧，我有過黑暗的日子
我有過頓悟，我有過迷茫

而這一切，是我的生活
註定在這一生中要發生的
在靈魂深處，我早已同意這一切
允許這所有去發生

我發現，我並沒有任何事可以比別人更容易或輕鬆
由我向別人所說的話語，我必須證明它們
我不能輕易說教
不能再簡單地對他人說一些道理，仿佛指導一樣
再也不能
因我已經歷過那所有

而這，正是我的生活
親愛的
請不要為我悲傷
然而那正是你呀
那由著你的方式愛著我的你
我看著你
在心中

16.02.2019

讓那些負面的人享受他們自己，和他們自己的問題爭鬥
你對他們沒有任何興趣
但如果他們敢來侵擾你
展現給他們看你的力量與才智

16.02.2019

人生確實需要經歷
於經歷中才會明白許多道理
深刻地，最終

20.02.2019

如果你拒絕
我就不能勉強
這是對別人的尊重

09.03.2019

一次可以是玩笑

二次，三次以後，就會讓人懷疑你誠實與否

重要的事情不能隨意開玩笑

09.03.2019

有很多事情是不可能全部都明白的

所以，就不用想太多了

12.03.2019

生活裏遇到合適的，又不能在一起的

該是會有很多吧

12.03.2019

許多事情以前都未懂
關心就已是一份很大的保護了
不經歷，怎麼會明白的這麼深刻

14.03.2019

奇遇

這是一件多麼美好的事，發生在我身上
一番奇遇，一番不可思議

然而有一點我知道
一天天，我好起來了
以至於先前的質疑與不安，也在慢慢消退
我心裏知道
這一切是註定要發生的
註定我要遇見他們，每一個人

事情就不用去控制
讓它去發生
因為上帝早已為我們安排好了一切
一切美好與祝福
等著我們在經歷中去理解與明白

不要擔心
因為你心中的愛會保護你
而你心中對他人的愛，也讓你被他們保護著

15.03.2019

生活裏，每一個小小的事情都是一份關心
每一個關心都是一份愛
無論大小

以前都不是很明白
現在明白了
因為經歷過受苦

我心裏知道
這些都只是一個過程
一切都會過去
好的總會來到

16.03.2019

感謝上帝送來這麼多人保護著我
感謝大家一直對我的保護

這些也許對他們不是很困難
對我卻那麼重要
是我做不好，做不到的地方

而我也用自己心中的一份愛
很大的一份愛，愛著每一個人

21.03.2019

人生那裡有早一點，晚一點

人生那裏有早一點，晚一點
只有此時，此刻
你想如果早一些遇見這個人會怎樣？
早一些遇見這個人會好一些嗎？
你不知道，我也不知道
只是我知道
現在的你，現在喜歡我的你
是來自那許多過去
所以我不能妄自地說，妄自驕傲的說
現在的我更適合讓你早一點遇到

也不需要去矯飾，說一些感謝尊重過去的話
什麼沒有過去，就沒有現在的什麼
但是有一點我無法回避
那就是，沒有過去那些種種，那許多的經歷
是不會有現在的你這樣來看我的
沒有那些過去種種經歷
那裏有現在的你，看得見我的種種美與好

而我，也只能是在現在才是這樣
早一些的時候，我忙著人生中的其他，也並不是一直
這樣
我也需要經歷

22.03.2019

人生有多少可以被選擇？

人生裏的事有多少可以被自己決定？

許多事早已被註定

許多的人生早已被安排

被上帝這樣安排

可是我仍希望那會有不同

我仍希望可能會是不同的

因為我真的希望能夠與他在一起

那應該會是很快樂的吧，如果在一起

不用分開

這一生都不再分開

說什麼靈性成長，說什麼這是更好

不要這些

我只要普通的愛，世俗的

我只想做一個普通的妻子，一個普通的生活

和他一生在一起，不分開

這才是我原本真正喜歡的

我並不想比他更大，更有成就

不那樣就可以不必分開，普通的生活

說什麼這為了他，為了誰更好

我其實更喜歡的是一生都不分開，永遠都不分開

那是我本來的願望呀

可是
人生又怎麼可能會是由我來決定
雖然我有這許多種種希望
或許人生本應就是如此
要有著種種遺憾

無法兩全的事太多了
我只能選其一
那對他人最好的其一
讓那些遺憾與願望留待來生
再相逢

22.03.2019

每個人只能按照自己內心的感受去做事
在經歷中學習

無論對錯
你都要去做一下
因為如果不嘗試
你如何知道對或錯？

你心中的真實感受最終會驅使你去體驗
不經歷怎麼能明白

24.03.2019

快樂，幸福都是小事情

在小事情中體會著快樂，生活的幸福

24.03.2019

陽光灑了進來，在廚房裏
讓我看見心情就變好
冬日的和初春的陽光總是讓人會很喜歡
心情就會立刻好起來
因為一切都在變好

31.03.2019

你不知道上帝為你安排了怎樣的祝福

在你看來並不是很滿意的狀態中

01.04.2019

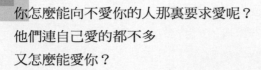

你怎麼能向不愛你的人那裏要求愛呢？

他們連自己愛的都不多

又怎麼能愛你？

01.04.2019

與愛自己的朋友交往
和尊重自己的朋友在一起
因為你愛你自己
所以你這樣對待自己

01.04.2019

為什麼不表達自己呢？
為什麼不把自己美好，英俊，漂亮的一面表達出來？
並不是為了酷而酷
因為你本來就是這樣酷
這只是在表達自己罷了
無論用怎樣的方式

別人明白不明白，喜歡不喜歡並不重要
因為那本來就不重要

01.04.2019

做一個先伸出手去握手的人
做一個能夠道歉的人

02.04.2019

你所說的，要能夠做到
說了又做不到，是沒有什麼意義的
和謊言也沒有很大區別

02.04.2019

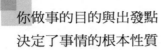

你做事的目的與出發點
決定了事情的根本性質

02.04.2019

假的永遠也真不了
邪永遠也也壓不了正
要明白這個道理

人貴在有一份精神
心中有一份驕傲
貧賤不可移
威武不能屈

02.04.2019

過去的就過去了
不可能再回到那一刻了
你只能面對和接受現在，新的

想要回到過去，是不現實的
是不可能的

過去，只能存在於我們的記憶中

02.04.2019

一切都在愛我們的上帝的安排下
所以也沒有什麼特別需要擔心的

02.04.2019

你想要知道的答案
往往會從周圍人那裏不經意的說出

所有的問題都會被回答
你尋就會找到

02.04.2019

對你愛，你關心的人允諾的話
要努力去做到

並不是所有對他人的允諾都要去實現
因為具體的情況會有不同

02.04.2019

沒有尊重，就沒有關係
沒有信任，就無法再繼續

02.04.2019

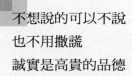

不想說的可以不說
也不用撒謊
誠實是高貴的品德

02.04.2019

要懂得在合適時候開口說話
也要懂得在什麼時候保持沉默

06.04.2019

如果你知道那是錯的
你怎麼還會對那個人繼續錯下去？

你只會走開
讓他去更好的生活
出於你的愛

離開一個人
也可以是因為你的愛

因為愛，你才離開
因為愛他，你才離開他

因為愛那一個人，所以你才選擇離開
離開一個人，也可以是因為愛

10.04.2019

我怎麼能還能繼續這樣下去呢？
如果我已明知那是不好的
對每一個人都是不好的
又何必再繼續？

所以只有我走開
所以只有我不開始
這樣才是最好的

註定我就是這樣
因為我愛著每一個人

我怎麼能不真實呢？
我又如何假裝
又能假裝多久？
我怎麼能不對他人，對自己負責？
怎麼能不愛著每一個人？

所以一切又回到和從前一樣
如開始一樣，卻又已過去了那麼多
已走了那麼遠

這樣不是很好嗎？
雖然我也曾希望那可以是真實的

10.04.2019

找到一個合適的人

找到一個合適的人
是多麼不容易的事
去哪裏找，是一個問題

從這裏，到那裏
生活會帶領著你去遷移與遊歷
生活是美好的
應該多祝福，多感謝

遇見那一個對你是對的人
不用擔心
上帝已為你安排好了一切

所以我也不用有什麼擔心
只需要去等待著那一份浪漫與驚喜
一定會有對你正確的那一個

06.05.2019

如果可能

如果可能
我好像去談好幾場戀愛
不再說什麼精神靈性
就是世俗的戀愛
人世間的普通的戀愛

就當我從未明白那些精神靈性
至高的真理
就只是世俗的戀愛
體驗那人世間普通的男女之愛
如果可能的話

06.05.2019

事實在那裏
也不是不承認就能改變什麼

12.08.2019

由不懂到懂
這就是生活
由指責不滿到深深理解
這是經歷的贈予

成長的過程
我與你一起，親愛的
與你一起經歷明白

真是很抱歉，我曾那樣的不懂
曾有的那麼多不滿，對親愛的你

如今的我
深刻經歷
深深地明白我們彼此
真是感謝你，曾對我的那麼多溫柔與耐心
真是很抱歉，我曾有的那麼多不懂

多麼愛你
親愛的

13.08.2019

*給先生

一時不明白的事也不要太在意
恰當的時間到了
自然就會明白
此刻不明白是有此刻的原因的

沒有什麼是一成不變的
事情總是會變化
情況總是會改變的

上帝總是在保護著我們
時時刻刻
各種方式
無論你是否明白

18.08.2019

只有上帝知道一切
所以，信任他
安心
你在上帝的愛與保護中

19.08.2019

不要懼怕
不要生活在恐懼中
永遠都不要讓恐懼占據你的心靈

19.08.2019

生活不能沒有夢想
你要去做你真正熱愛的事情
讓你熱血沸騰的
讓你眼中出現光彩
讓你無法捨棄離開的
因為這些讓你知道，他們使你真正想要去做的事

而你，只能對自己真實

所以，不要離開你的夢想
你的熱情，激情所在
你心中真正想要去做的事
因為他們會帶領你去找到你真正喜愛的生活

所以，你對自己真實
真實地面對自己
你的感受，你的需要
然後
你成為
成為真正的你

19.08.2019

人生中許多事是註定的
你的許多經歷
在你出生前
上天已為你安排好
讓你去經歷體驗其中，從而學習

許多事情是超過我們思維能力範圍之外的
那就不要太多想
交給上天，那更大的力量
讓事情自己去運作
你無法控制許多

把你明白，理解的好好記下，記住
那是寶貴的理解
指導著你未來如何去做事，處理事情
不要忘記了

19.08.2019

相信上帝

相信上帝
知道你是他的一部分
來自他，是他心愛的孩子
所以，你是華美的
所以，你是如此有意義，如此無價
因為你是他的一部分，
你能相信你是多麼有價值嗎
然而你從未知道這真相
你的真相

所以，從現在開始
知道你的真相，知道你的價值
和上帝在一起
你無所畏懼！
你是上帝的一部分，他在你之內，因你來自於他

所以，和上帝一起行走
並且，讓上帝常在你心中
所以你仍然做你的事情，付出你的努力
但是記住，把最終的結果留給上帝
因他已為你安排了最好

你也許仍然思考，分析，爭鬥
然而，相信上帝愛你，保護你
相信他的愛永不會改變
因此

你是最有力量的，上帝是你的後盾
你能相信嗎
你理解嗎？

04.09.2019

鬆軟的雪

下雪了
雪覆蓋在一個個房子，街道上，很可愛
鬆軟的雪累計在屋頂，馬路的地面上
摸上去一定是鬆軟的，看起來就是這樣
雪覆蓋下的街道也顯得很可愛
因為雪就是可愛和令人驚喜的

在這樣一個稍感寒冷，下了小雪的晚上
回到家裡，有一份溫暖的晚餐和溫暖的熱湯時
一定是一件幸福的事

看著窗外下的雪
和自己的家人在一起
享受著下雪的快樂

溫暖的燈光
暖暖的廚房與家中
稍稍寒冷的街道，匆匆走路的行人
鬆軟的雪

09.09.2019

無論多聰明
都不要想著操控他人
在你這樣做的時候，別人也在瞭解著你

你不可能真正地操控任何人
一切都出自自願
因為，你不可能
逾越上帝

自由意志，靈魂的獨立，是上帝賦予每個人的靈魂本性
永不變更

14.09.2019

許多事情，不要想太多結局
讓上帝安排
不是很好？

因為沒有什麼是固定不變的
你無法真正地預知未知
更加不能，也不應去試圖操縱他人
未來只屬上帝

你如何能知道那麼多的可能性？
你不知道，或許上帝早已為你設定了更好的安排
而上帝一定，總是為你做最好的安排的！
這一點，不要懷疑

人生的許多不解，遭遇，不滿
實際上，裏面其實都蘊藏著人生財富
讓人們在其中學習進階，收穫
寶貴的人生智慧

所以，未來的你不一樣
有智慧

14.09.2019

天將降大任於斯人也
必先苦其心志，勞其筋骨

遇到揮之不去的逆境，也不要泄氣
你是做大事的人，才會遇到這些磨練
如果你不是做大事的人，過平凡普通的生活，也許會
遇到更多的順境
所以，遇到阻力，長久的困境
不要輕易失去信心
找出原因，吸取經驗
要知道，上帝在磨練考驗你
你的勇氣，你的意志力，你的聰明才智
不是做大事的人，過不了這些困境

所以，不要泄氣
不要輕易認輸
更不要遠離你生活的夢想
你心中的熱情

14.09.2019

知道上帝愛你

知道上帝愛你
所以你不會匱乏愛
因這愛在你之內
你有

所以，你不需要向他人索要愛
你本已有
你本已被愛
因你被上帝愛著
你一直都在被愛著，你是讓人喜愛的

知道你被上帝愛著，這一點是很重要的
你是值得被愛的
你本應被愛
如果有誰不是
讓他們去和上帝爭鬥

上帝愛我們
誰能夠不是？
讓他們去和上帝爭鬥
等著看吧！

14.09.2019

上帝對你有一個計畫

沒有人能知道上帝的安排

上帝對你有一個計劃，我親愛的

永遠不要用你有限的頭腦去估計或猜測上帝偉大的計劃

因你無法理解那宏偉

甚至無法想像

因上帝將會令你驚嘆

你也許會說，生活帶給你驚喜，生活充滿了驚奇

然而，只有當你在心中跟隨上帝

你才能真正明白這些

只有當你接受，你是上帝心愛的孩子

來自於他，是他的一部分

你才能感受到他無條件的愛，和你自己真正的價值

這是多麼令人安心

當我們信賴於上帝，把上帝放在心中

多麼讓人感到有信心

當你知道這一真相

15.09.2019

不要生活在恐懼中
但也不要魯莽

你是勇敢的
但也是足智多謀和聰明的

勇氣與謹慎都是可貴的品質

16.09.2019

我們應對上帝有信心

無論在怎樣威脅你的情形中
無論你在面對怎樣的怪獸
因上帝是你的力量
你的路，你的光明

在任何困難的情況中
上帝保護著我們
所以，不要懼怕
保持信心，把上帝放在你的腦中與心中

這是多麼好，有上帝的愛與保護
更重要的是
你知道這個真相

16.09.2019

上帝的愛

當你理解上帝的愛
你知道你被上帝所愛，因你是他心愛的孩子
你是讓人喜愛的
就只是因為你，他的孩子
自然地如同它本應是如此
好像在你之內一個核心，你的一個本質
你應被愛
因此，自然地你也被許多其他人所愛
因你瞭解你自己的這一方面
你的真相
如此，你這樣表達你自己，在每一處
你也這樣地感受著自己
沒有人能比上帝更強去阻止你被愛
要比上帝更強？

所以，當你這樣接受
當你理解並接受你被上帝所愛
事情和在你周圍的情況將會巨大的轉變

那些愛你的人，會繼續愛你
醜陋的，會在上帝前潰敗

所以，就是如此

17.09.2019

我無法不喜歡你
好像我是一個核心在你之內
而你是我非常重要，非常特別的一個人
我的保護

我無法真正說任何關於這些
很久以前
我已是這樣認為

所以，你愛我
而我也愛你
這是多麼可愛又浪漫

18.09.2019

如果有人用死亡威脅你
你需要知道，死亡是那個人
只要你將上帝緊握在你的腦中與心中
沒有人能真正用死亡將你擊倒，或比你更強壯
因為死亡是那個人的，那個人的問題，那個人的死亡
留給他們
那無法到你這裏
除非他們能夠比上帝更強

那些喜歡用死亡襲擊他人的人
他們不知道，他們實際上對死亡已上癮
所以，為什麼不讓他們去享受他們自己
如他們所期望

而善良的你
你需要記住上帝在你心中
記住上帝的愛，上帝在你的保護
記住你是他心愛的孩子，就是他，來自於他，他的一
部分
因為只有這樣，你才能贏過他們
知道你的價值，你的意義，因上帝在你之內

你理解上帝在你之內的意思嗎？
因你來自於他，是他的孩子
你的價值，你的意義
你是多麼寶貴有價值，無盡的

無盡的意義與價值

所以，現在再一次
記住這一真相
死亡是那個人的死亡，屬他們
它無法靠近你
除非他們能夠比上帝更強
這是非常重要，要記住的

19.09.2019

比強沒有什麼
重要的是誰贏得最後一局

贏得一時，這不算什麼
是否能贏到最後，還存有疑問
除非你是正能量

處在暫時的困境中，不要灰心放棄
只要你做的是對的，說的是對的
就堅持下去
天自有公道

24.09.2019

天使的愛

感受愛在你的心中
感受你是被愛的
甚至被許多你從未遇到的人

因你是讓人喜愛的
你是值得被愛的
因你是一個天使
為每一個人
你身邊的每一個人

所以，親愛的
你繼續做正確的，說正確的
做你自己
做真正的你，然而也對你自己的感受真實

所以你是一盞明燈，對許多你身邊的人
許多你身邊的人
他們可以跟隨你
只是，那並不是你的目的

26.09.2019

欣賞的女性

強壯而不張揚
含蓄又禮貌優雅

不要用外在去評斷一個人
優美不僅只是皮膚表面

你看安吉兒.默克爾
我找不出任何人比她更優美大方
同時又內在堅強有力
真正的女性美，那外柔內剛的美
優雅大方又得體的舉止言談
真是令人欣賞！

只有當你是同樣的，有同樣氣質時
你才會一樣欣賞其他同樣優秀的人
和她們的傑出才能與成就

因為
真正的自信在你心中
優秀在你之內
我是如此被她吸引

27.09.2019

*致德國總理：安吉兒・默克爾

看見美

看見美，是因為心中有美
成為什麼，是因為你已是你所希望的
有趣，是因為你本就是

若要成為美，你需要有一顆愛他人的心
一顆善良的心

若想看見美，你要能在心中看見它
因為只有在心中看見了
才是真正的看見

每個人都被美吸引，希望擁有
然而，有是一件自然的事情，不能強求
也不用努力去獲得
自然的，不是很好

因為美就是自然，自然就是美
美也不是炫耀的，炫耀就不美了
美也不需要比較，比較沒意思，不是真正的美

美是看到美，成為美

29.09.2019

片刻的安寧
也要感謝上帝
這心中的寧靜
心中沒有煩惱事

30.09.2019

保護你的，是你心中的愛

當愛在你心中
仇恨無法靠近你
別人的問題無法真正將你捲入
你會遠離負面事物

愛保護著你
因為愛讓你成為你真正的自己
只有在愛中
每一個人開始變得正面積極
因為我們在愛中恢復

所以，讓愛總是待在心中
不僅這是很好的
它也帶來愉快和平靜

03.10.2019

小小的事情，就能帶來很大的快樂，喜悅或滿足
只要你的心在平靜，沒有煩惱時

快樂的感受並不需要很大的事
微不足道的小事就可以了
就是喜歡這樣

05.10.2019

當誤解發生時
當流言開始時
清者自清

從不著急為自己多說什麼
多說反而畫蛇添足
沒有就是沒有
不需要解釋

別人的看法也並不重要
又不是他/她說什麼就是什麼
你自己做的，說的，才是最重要的
做自己
這樣不是很酷

這樣不是很好
就是喜歡這樣

05.10.2019

不需要證明自己
也不需要證明什麼
是就是是
不是就是不是
做你自己

如果別人讓你證明什麼給他們看
你不需要
如果你同意
對方會再次讓你證明自己
而你，不需要

沒有人有資格讓你證明給他/她看你是怎樣的人
那是內心缺乏自我尊重的表現
你沒那個必要
事情可以被證明
人，無法證明
你就是你自己，每個人就是自己
這是最好的證明

他人的接受與否並不重要
你接受你自己
你挺自在的

05.10.2019

享受生活

我就是喜歡享受生活
男人就應該勤奮工作，努力養家
女人就應該被照顧，享受男人提供的生活
同時照顧著男人和家庭，和小孩子

男人保護女人，家庭和小孩子
女人其實也在保護著男人

男性的保護是在外在
而女性對男性的保護是在內在

雖然很傳統
但這樣卻是最讓人感到安穩自在的關係

而最重要的
尤其是對男性而言
是承擔責任
那才是真正的男人
當然，對女性也是同樣

05.10.2019

當你拒絕時
尤其是你關心的人
看似冷漠，其實是對的

你只有先愛了你自己
你才能有愛去愛別人
所以，這樣做是對的

對你愛的人
哪怕他們對你再重要，只要他們做的是錯的
也不能幫
那樣的幫，那樣的愛，並不是真愛
而是對他們有害的

真正的愛，是去做正確的事
當你做正確的事的時候，你在真正地愛他們
無論離開有多遠
終有一天，他們會明白你的本意
當然
這也是一件愛自己的事
你只有愛自己，才知道怎樣是正確的事
你只有做正確的事，才是在愛自己

多麼複雜的愛的功課

10.10.2019

往事

人人皆應愛國
匹夫有責

能夠成就大事業不重要
平凡生活同樣富含價值意義
但是
每個人都應該關心國家大事

一個人的人生，重要的是看是否為社會，他人做了有
益的事
人生的意義是在於此
雖然人生的意義還有許多其他
做什麼事不重要，平凡的生活也沒什麼
重要的是你做的是否對他人，社會有益
那麼再看似普通，或影響的範圍小也沒有關係
這樣做的時候
一個人自身也會受益
因為你只有愛自身時，才會愛社會，愛大國
而當你愛時，你怎會不受益

人生裏一時的個人失意不要太在意
沉迷於因為個人的失意而忘卻為國家社會，人們去盡力
這是小家的氣
不是大家風範，不是

為人在世就是要為社會國家，民眾做一些有益的事
愛自己的小家也是非常重要的
還有，愛自己

10.10.2019
*致鄭和
明朝著名航海家，外交家

去榮耀他人的生命
是你能做的對他人最大的尊重

每一個人的生命都同樣有價值
無論貧賤富貴，高低貴賤
無論發生了什麼事情在這個人的生活，生命中
都要接受

很難的是對你摯愛的家人
然而如果你能夠看到生命更宏大的意義
你就能安然接受他們生活生命中經歷的事了
這份愛更加深遠
更加安慰人心

時間的推移
一切傷痛會被療愈
快樂會重返心中
愉快的生活
在愛中

11.10.2019

不要忍受任何事
你無法真正那事情
解決它
忍受製造怒氣與痛苦
解決是更好的方法

19.10.2019

當業力結束

自然會有力量將你帶離

當你應盡的義務，應做的服務結束

生活將會帶你去新的地方

19.10.2019

沒有什麼是一成不變的
一切都在改變

你不會知道下一刻你的生活裏將會發生什麼
你無法真正掌控生活
因為它如此宏大

有一點是肯定的
無論你的生活裏發生什麼
都不要沉淪
因為沒有什麼是固定不變的
也許你處在一個難以忍受的狀態中
不要氣餒

一切都會過去
在你的努力中
你的聰穎機敏中
你的快樂，和上天祝福中

人生總將會翻開嶄新的一頁
生活總會開始新的航程
在你愉快的期待中
多好

19.10.2019

事情不要勉強
讓它們自然地發生發展

當然，努力是需要，也是必須的
凡事沒有努力等於自甘放棄
沒有努力爭取付出，怎麼會有收穫

所謂無為，是指你已達成
你已經明白其中過程，原因，結果，困難
所以將空間和發展給別人
否則，你無法無為

所以，人生需要經歷
每個人都需要閱歷
在經歷中增長閱歷和人生道理

然後，在對的時間
加上你的敏捷，聰穎，和謹慎細緻
就會做出正確的判斷或決定
當你準備好時

19.10.2019

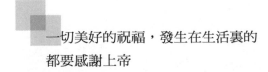

一切美好的祝福，發生在生活裏的
都要感謝上帝

19.10.2019

要懂得感謝上帝
為一切生活裏的美好祝福
平靜的生活
豐富的食物
幸福的家庭
順利發展的事業
都要感謝上帝
無論事物大小
因為它們都是生活裏的祝福

心中有感謝時是不一樣的
能夠感受到上帝祝福時也是不一樣的
因為這時，你的心中是有愛的

在紛擾，忙亂的生活中，仍能時常感受到上帝祝福的
人是不一樣的
他們是真正生活在自己心中
這是最重要的

19.10.2019

一切都在上帝的安排下
每一個人都在這其中學習著
所以，不用擔心

19.10.2019

留給上帝

留給上帝
你如何能比上帝更大
當然，你仍然選擇，讓快樂的事情來到你身邊
而拒絕不快樂的

並且，你仍然有你的興趣與愛好
所以，你付出努力
努力工作達成你的目標或願望

你仍然有你自己的判斷
什麼可做，什麼不能做
用你自己的智慧

當你已付出你所有的努力
最終的結果，留給上帝

當你不知道怎樣做是更好
信賴上帝一段時間
直到你理解了，決定如何去做

在你自己的判斷如何去做和信賴上帝之間
選擇信賴上帝
但那是在你完成你所有努力之後
你什麼時候已完成？
你自己知道的

永遠也不要忘記你總是在上帝的保護下
這是多麼讓人放鬆，當我們信賴上帝
任何時間，當你需要
所以，總是把上帝緊握在你的心裏

28.10.2019

不要測試信任

不要測試任何事
當你信任時，當你信賴時
你就是如此
而當你測試時
你就會一直在測試
而永遠不會是信任

但，什麼時候你信任，什麼時候不呢？
或者，應相信誰，不相信誰呢？
你有你自己的判斷和標準

當然，你可以測試一些事情
當你不知道朝那個方向去做時
所以，你知道哪個方法，哪個途徑去繼續
但，關于信任
你永遠不要測試

重要的是有你自己的理解
在什麼樣的條件或緣由下，那個人可以被信任或不能
為什麼，為什麼不？
這是最重要的關鍵

28.10.2019

誠實是可貴的品德
誠實並不是一件困難的事
但是於很多人卻很難做到

做一個誠實的人其實是一件簡單的事，輕鬆的
很多人不明白這個道理
所以會一而再，再而三的撒謊
最終成為一個不可信的人

但這也是一個人自己的選擇
每個人自己選擇成為怎樣的人

做一個誠實的人是多麼的輕鬆，愉快
會多麼為自己驕傲，欣賞自己

誠實是可貴的品德
做一個誠實的人是高貴的

01.11.2019

高貴的品德

一個人要取得成功
優秀的品質是基礎
也就是品德

良好的品德總會被別人發現
或被他人欣賞
你的才能就會有機會被發現和施展

有良好的品德
你會為自己感到驕傲
為自己是這樣的一個人感到驕傲
當別人欣賞你，或被你吸引時
你是不是也會為自己感到高興？

你的品德也會吸引他人跟隨你
你會吸引到志同道合的人
與你真誠相待的朋友，同事，助手或上級
以助你成功

優良品德的取得並不困難
要知道，擁有優良的品德是高貴的
不喜歡嗎？

你只要做好每一件小事
在每一件小事上努力做出好的，正確的，或對他人有
益的選擇

品德就會慢慢形成，如同習慣，因為日積月累
你成為你想要成為的人
這是一件多麼快樂的人生夢想去實現

11.11.2019

一個人沒有原則是在不尊重自己
總是良善，包容，是不對的
沒有邊界
界限需要一個人自己去設定
這樣別人才會明白理解你
知道你的要求

界限之內是接受
界限就是一個人對自己的尊重，自愛，關係中的信任
程度

生活中，有些人是要被你永遠拒絕的
沒有必要去證明那個讓人或那些人是否已改變
做怎樣的人是那些人自己的事情
這就是界限之外

13.11.2019

凡你說的

凡你說的
你要能做到
才有用
才是真正的：是

說是輕易的
說別人是簡單的
自己都沒有做到
說別人幹什麼
就不要要求別人什麼

凡你說的
你能做到了
就不一樣了
你就是榜樣
你就是範例
你就是展現

他人就會跟隨，學習你
你不用多說一句
你在身體力行
這就足夠了
別人問的時候
你也許解釋一下
但那些，其實不都是簡單的道理嗎

做到，是一件有趣的事

試一試！

13.11.2019

信任自己的判斷力

按照你自己的判斷力去認識看待事情和他人
未必都是對的
但是要有自己的判斷力
並且信任自己的判斷力，用自己的判斷力

錯了也沒有什麼
在經驗經歷中去糾正學習
留下的是你的經驗，理解，智慧，深度
怎麼說都可以

也不是別人的勸告，觀點，建議不聽，不接受
但最終的決定要是你自己的
所以判斷是你的
你擁有對自己的所有權
這是最重要的

相信自己
對自己有信心
不要讓任何人左右，動搖你的自信和你對自己的信任
信任自己的判斷力

13.11.2019

誠實並不是一件困難的事
保持誠實，做一個誠實的人並不困難
你不想說的就不用說
不需要去撒謊
拒絕別人就可以了

但是這個拒絕可能是不容易的，對不少人
你不想說的
你可以告訴別人：這是你私人的事情，或者這是你的
事情，你現在不想說
但是不用撒謊作為理由或藉口以拒絕別人
這對你自己不尊重
或許你礙於關係的親近程度感到難以拒絕他人的問詢
那就感謝他人的理解，你仍然保留你的私人空間
或者你擔心拒絕會失去別人對你的接受和喜愛
那你要有自信

所以品德很重要
那是你內在自信的堅實基礎

哪怕什麼都不說，也不撒謊
哪怕說不知道，也不撒謊
堅持誠實，保持是一個誠實的人
只要沒有說假話

一件一件慢慢累積

看你能不能做到

13.11.2019

不要因為一時的經歷遭遇而失去對他人的信任或接受
那樣的話，那些負面的影響就仍在跟隨你
不要讓別人的負面行為成為你的存留
保持你的純真，良善和對他人樂觀，充滿期待的信念
因為這些也是你內在正面，樂觀，積極的反映
只有你內在是這樣
你才會對他人同樣

經驗你留下
道理和智慧你明白，學習
總之，一番經歷後，你應該是變得更成熟，有智慧
更有深度，對事物與他人更有理解力
仍然懷有對他人的良善與慈悲

16.11.2019

真相必須被說出

黑白不可被顛倒

因那是已發生的事實，黑暗中的光明

是許多人的希望

如同上帝的光照耀著世界，人們

真相就是力量

事實就是證明

真相與事實不可被隱藏

隱藏了就會有代價要被付出，會有人被犧牲

而事實不會被改變

看見真相是勇氣

敢於說出真相是更大的勇氣

這樣的勇氣來自於一個人內在可貴的情操與人品

把真相說出是一件多麼應該的事

那是事實呀

不要懼怕

因光明在你

20.11.2019

一個人既要有勇氣，也要心存對他人的一份愛

正義是可嘉的
勇氣是可貴的
追求　精神上的一切可貴成就都是應該被鼓勵的

但是，不要忘了
還要有一份愛對他人，有一份關心
即便你贏了
也不可無所顧忌的去對待他人
發泄其他憤懣
不僅仇恨會無窮無盡
對你自己也沒有益處
快樂，平靜，和氣的生活不是更好

贏了就可以
對方無法再侵擾到你
紛爭平衡以後就結束了
不用一再重複

贏也要贏地有風度和尊嚴
懲罰會有
那些人懲罰他們自己
善惡皆有後果
不必擔心

最後

也是最重要的是

你離開那些紛爭，過你平靜放鬆的生活

20.11.2019

承擔責任很困難嗎？
不明白為什麼那麼多人不喜歡，而逃避
我卻喜歡承擔責任
當你承擔責任時
你其實握有了力量

當你承擔責任
你是讓人欽佩的
因你的行為吸引人，你是有責任感，可以信賴的人
誰會不被這樣的人吸引

凡承擔責任者
都是做大事的人

然而，承擔責任是需要勇氣的
有些人可以做到，有些人做不到
一時做不到也是有原因的
也不要太過於苛求

人生的過程就在於經歷學習
在經歷中學習，可貴的人生
上帝早已為你準備了最好的安排

17.12.2019

真正的男人

我就是喜歡這樣的男人
承擔責任
遇事不推諉
真正的男人
令人欣賞
讓人欽佩

每個人的喜歡也許不同
但是我喜歡的就是這樣

真正的男人就是要能夠承擔責任
像男人一樣去做事，說話
說出有道義，讓人信服的言語
做出應做的，正確的，磊落的事

不僅僅是承擔責任
還要有一顆良善溫厚的心，在內
強壯在外，溫厚在內

當然，他一定是照顧家和愛你的
你也是

17.12.2019

給父親

許多許多的愛給你
父親
我知道你能感受到
這真讓我感到高興
我是多麼愛你

讓我為你做一切
如果我能
而我知道
你有一份多麼溫厚的愛對我
無條件的
凡你可以做到的
你都會為我而做
我猜

而我，喜歡你所有的樣子
你知道，我會多麼愛你
我的愛會支持你
而你本就是這樣

我們不會有什麼爭執
因你對我的那份溫厚的愛是我所喜愛的
我就是喜歡你的樣子
愛你

18.12.2019

*給父親

他的舉手投足就是不一樣
他說出的話都是道理
雖然他很有力量，卻待人溫厚
就是喜歡他
樸實的內在
良善溫厚的心
所以，我也是很樸實
有一顆同樣良善溫厚的心
就是喜歡他這樣
多麼愛他

他有很多的愛對我
因我有如此多的愛對他

他是很有力量的
因他說的話，做事，待人處事的方式
贏得他人的信服與尊重

他不會在意他人的閑言碎語
真正的男人
讓那些人去說

只要有我在他之內
他就會感到溫暖
他是心中有正氣
還有一份對他人的溫暖

我不想讓他知道我是這樣看他，敬重他
只是把這些藏在心裡
因這是我對他的一份愛

19.12.2019

*給父親

後記

　　我一直以為我在寫的是一個心中的他，但其實寫到最後，我遇到的是我的父親。我才發現我是多麼愛他，在心中。真高興遇到他！

國家圖書館出版品預行編目

心中的他 / 魏明著. -- 臺北市：獵海人，
　2020.04
　　面；　　公分
　ISBN 978-986-98841-2-9(平裝)

851.487　　　　　　　　　　　　109003690

心中的他

作　　者／魏　明
出版策劃／獵海人
製作銷售／秀威資訊科技股份有限公司
　　　　　114 台北市內湖區瑞光路76巷69號2樓
　　　　　電話：+886-2-2796-3638
　　　　　傳真：+886-2-2796-1377
網路訂購／秀威書店：https://store.showwe.tw
　　　　　博客來網路書店：http://www.books.com.tw
　　　　　三民網路書店：http://www.m.sanmin.com.tw
　　　　　金石堂網路書店：http://www.kingstone.com.tw
　　　　　讀冊生活：http://www.taaze.tw

出版日期／2020年4月
定　　價／450元